魯迅作品精選 5

故事新編

經典新版

魯迅——著

煙水尋常事
荒村一釣徒
深宵沉醉起
無處覓菰蒲

魯迅

出版小引

還原歷史的眞貌——讓魯迅作品自己說話

陳曉林

中國自有新文學以來，魯迅當然是引起最多爭議和震撼的作家。但無論是擁護魯迅的人士，或是反對魯迅的人士，至少有一項顯而易見的事實，是受到雙方公認的：魯迅是現代中國最偉大的作家。

時至今日，以魯迅作品爲研究題材的論文與專書，早已俯拾皆是，汗牛充棟。全世界以詮釋魯迅的某一作品而獲得博士學位者，也早已不下百餘位之多。而中國大陸靠「核對」或「注解」魯迅作品爲生的學界人物，數目上更超過台灣以「研究」孫中山思想爲生的人物數倍以上。但遺憾的是，台灣的讀者卻始終無緣全面性地、無偏見地看到魯迅作品的眞貌。

事實上，魯迅自始至終是一個文學家、思想家、雜文家，而不是一個翻雲覆雨的政治人物。中國大陸將魯迅捧抬爲「時代的舵手」、「青年的導師」，固然是以政治手段扭曲了魯迅作品的真正精神；台灣多年以來視魯迅爲「洪水猛獸」、「離經叛道」，不讓魯迅作品堂堂正正出現在讀者眼前，也是割裂歷史真相的笨拙行徑。試想，談現代中國文學，談三十年代作品，而竟獨漏了魯迅這個人和他的著作，豈止是造成半世紀來文學史「斷層」的主因？在明眼人看來，這根本是一個對文學毫無常識的、天大的笑話！

正因爲海峽兩岸基於各自的政治目的，對魯迅作品作了各種各樣的扭曲或割裂；而研究魯迅作品的文人學者又常基於個人一己的好惡，而誇張或抹煞魯迅作品的某些特色，以致魯迅竟成爲近代中國文壇最離奇的「謎」，及最難解的「結」。

其實，若是擱置激情或偏見，平心細看魯迅的作品，任何人都不難發現：一、魯迅是一個真誠的人道主義者，他的作品永遠在關懷和呵護受侮辱、受傷害的苦難大眾。二、魯迅是一個文學才華遠遠超邁同時代水平的作家，就純文學領域而言，他的《吶喊》、《徬徨》、《野草》、《朝花夕拾》，迄今仍是現代中國最夠深度、結構也最爲嚴謹的小說與散文；而他所首創的「魯迅體雜文」，冷風熱血，犀利真摯，抒情析理，兼而有之，亦迄今仍無人可以企及。三、魯迅是最勇於面對時代黑暗與人性黑暗的作家，他對中國民族性的透視，以及對專制勢力的抨擊，沉痛真切，一針見血。四、魯迅是涉及論戰與爭議最多的作家，他與胡適、徐志摩、梁實秋、陳西瀅等人的筆戰，迄今仍是現代文學史上一樁樁引人深思的公案。五、魯迅是永不迴避的歷史見證者，他目擊身歷了清末亂局、辛亥革命、軍閥混戰、黃埔北伐，以及國共分裂、清黨悲劇、日本侵華等一連串中國近代史上掀天揭地的鉅變，秉筆直書，言其所信，孤懷獨往，昂然屹立，他自言「横眉冷對千夫指，俯首甘爲孺子牛」，可見他的堅毅與孤獨。

現在，到了還原歷史真貌的時候了。隨著海峽兩岸文化交流的展開，再沒有理由讓魯迅作品長期被掩埋在謊言或禁忌之中了。對魯迅這位現代中國最重要的作家而言，還原歷史真貌最簡單、也最有效的方法，就是讓他的作品自己說話。

不要以任何官方的說詞、拼湊的理論，或學者的「研究」來混淆了原本文氣磅礴、光焰萬丈的魯迅作品；而讓魯迅作品如實呈現在每一個人面前，是魯迅的權利，也是每位讀者的權利。

恩怨俱了，塵埃落定。畢竟，只有真正卓越的文學作品是指向永恆的。

序言

這一本很小的集子，從開手寫起到編成，經過的日子卻可以算得很長久了：足足有十三年。

第一篇《補天》——原先題作《不周山》——還是一九二二年的冬天寫成的。那時的意見，是想從古代和現代都採取題材，來做短篇小說，《不周山》便是取了「女媧煉石補天」的神話，動手試作的第一篇。首先，是很認真的，雖然也不過取了茀羅特①說，來解釋創造——人和文學的——的緣起。不記得怎麼一來，中途停了筆，去看日報了，不幸正看見了誰——現在忘記了名字——的對於汪靜之君的《蕙的風》的批評，他說要含淚哀求，請青年不要再寫這樣的文字②。這可憐的陰險使我感到滑稽，當再寫小說時，就無論如何，止不住有一個古衣冠的小丈夫，在女媧的兩腿之間出現了。這就是從認真陷入了油滑的開端。油滑是創作的大敵，我對於自己很不滿。

我決計不再寫這樣的小說，當編印《吶喊》時，便將它附在卷末，算是一個開始，也就是一個收場。

這時我們的批評家成仿吾③先生正在創造社門口的「靈魂的冒險」的旗子底下掄板斧。他以「庸俗」的罪名，幾斧砍殺了《吶喊》，只推《不周山》爲佳作，——自然也仍有不好的地方。坦白的說罷，這就是使我不但不能心服，而且還輕視了這位勇士的原因。我是不薄「庸俗」，也自甘「庸俗」的；對於歷史小說，則以爲博考文獻，言必有據者，縱使有人譏爲「教授小說」，其實是很難組織之作，至於只取一點因由，隨意點染，鋪成一篇，倒無須怎樣的手腕；況且「如魚飲水，冷暖自知」，用庸俗的話來說，就是「自家有病自家知」罷：《不周山》的後半是很草率的，決不能稱爲佳作。倘使讀者相信了這冒險家的話，一定自誤，而我也成了誤人，於是當《吶喊》印行第二版時④，即將這一篇刪除；向這位「魂靈」回敬了當頭一棒——我的集子裡，只剩著「庸俗」在跋扈了。

直到一九二六年的秋天，一個人住在廈門的石屋裡⑤，對著大海，翻著古書，四近無生人氣，心裡空空洞洞。而北京的未名社⑥，卻不絕的來信，催促雜誌的文章。這時我不願意想到目前；於是回憶在心裡出土了，寫了十篇《朝華夕拾》；並且仍舊拾取古代的傳說之類，預備足成八則《故事新編》。但剛寫了《奔月》和《鑄劍》——發表的那時題爲《眉間尺》，——我便奔向廣州，這事就又完全擱起了。後來雖然偶爾得到一點題材，作一段速寫，卻一向不加整理。

現在才總算編成了一本書。其中也還是速寫居多，不足稱爲「文學概論」之所謂小說。敘事有時也有一點舊書上的根據，有時卻不過信口開河。而且因爲自己的對於古人，不及對於今人的誠敬，所以仍不免時有油滑之處。過了十三年，依然並無長進，看起來真也是「無非《不周山》之流」；不過並沒有將古人寫得更死，卻也許暫時還有存在的餘地的罷。

一九三五年十二月二十六日，魯迅。

注釋

①茀羅特（S.Freud,1856-1939）　通譯佛洛伊德，奧地利精神病學家，精神分析學說的創立者。這種學說認爲文學、藝術、哲學、宗教等一切精神現象，都是人們因受壓抑而潛藏在下意識裡的某種「生命力」（libido），特別是性慾的潛力所產生的。這裡所說的「茀羅特說」，即指佛洛伊德的精神分析學說。作者對這種學說，雖曾一度注意過，受過它的若干影響，但後來是採取懷疑和批判的態度的：在一九三三年所作《聽說夢》（收入《南腔北調集》）中，他曾批評過這種學說。

②指胡夢華對汪靜之的詩集《蕙的風》的批評。《蕙的風》於一九二二年八月由上海亞東圖書館出版後，南京東南大學學生胡夢華在同年十月二十四日上海《時事新報・學燈》發表一篇《讀了〈蕙的風〉以後》，攻擊其中某些愛情詩是「墮落輕薄」的作品，「有不道德的嫌疑」。魯迅對胡文曾進行過批評。參看《熱風・反對「含淚」的批評家》。

③成仿吾　湖南新化人。「五四」時期著名文學團體創造社主要成員之一，文學評論家。約在一九二五年五卅運動後，他開始傾向革命。一九二七年至一九二八年間曾同郭沫若等發起革命文學運動；後進入革命根據地，參加兩萬五千里長征，長期從事革命教育工作。魯迅的《吶喊》出版後不久，成仿吾曾在《創造季刊》第二卷第二期（一九二四年一月）發表《〈吶喊〉的評論》一文，從他當時的文學見解出發，認爲《吶喊》中的《狂人日記》、《孔乙己》、《藥》、《阿Q正傳》等都是「淺薄」「庸俗」的「自然主義」作品，只有《不周山》一篇，「雖然也還有不能令人滿足的地方」，卻是表示作者「要進而入純文藝的宮廷」的「傑作」。成仿吾在這篇評論裡，曾引用法國作家法朗士在《文學生活》一書中所說文學批評是「靈魂在傑作中的冒險」這句話說：「假使批評是靈魂的冒險啊，這吶喊的雄聲，不是值得使靈魂去試一冒險？」

④《吶喊》印行第二版　一九三〇年一月《吶喊》第十三次印刷時，作者將《不周山》篇抽出。因爲篇目與過去印行者不同，成爲一種新的版本，所以這裡稱爲「第二版」。

⑤廈門的石屋　指作者在廈門大學任教時居住的「集美樓」。

⑥未名社　一九二五年魯迅在北京時創立並領導的文學團體，主要成員有韋素圓、曹

靖華、李霽野、臺靜農等。該社注重介紹外國文學，特別是俄國和蘇聯文學，並編印《未名》半月刊和《未名叢刊》、《未名新集》等。約於一九三二年結束。

《故事新編》目次

附錄

補天①

一

女媧②忽然醒來了。

伊③似乎是從夢中驚醒的，然而已經記不清做了什麼夢；只是很懊惱，覺得有什麼不足，又覺得有什麼太多了。煽動的和風，暖暾的將伊的氣力吹得瀰漫在宇宙裡。

伊揉一揉自己的眼睛。

粉紅的天空中，曲曲折折的飄著許多條石綠色的浮雲，星便在那後面忽明忽滅的䀹眼。天邊的血紅的雲彩裡有一個光芒四射的太陽，如流動的金球包在荒古的熔岩中；那一邊，卻是一個生鐵一般的冷而且白的月亮。然而伊並不理會誰是下去，和誰是上來。

地上都嫩綠了，便是不很換葉的松柏也顯得格外的嬌嫩。桃紅和青白色的斗大的雜花，在眼前還分明，到遠處可就成為斑斕的煙靄了。

「唉唉，我從來沒有這樣的無聊過！」伊想著，猛然間站立起來了，擎上那非常圓滿而精力洋溢的臂膊，向天打一個欠伸，天空便突然失了色，化為神異的肉紅，暫時再也辨不出伊所在的處所。

伊在這肉紅色的天地間走到海邊，全身的曲線都消融在淡玫瑰似的光海裡，直到身中央才濃成一段純白。波濤都驚異，起伏得很有秩序了，然而浪花濺在伊身上。

這純白的影子在海水裡動搖，彷彿全體都正在四面八方的迸散。但伊自己並沒有見，只是不由得跪下一足，伸手掬起帶水的軟泥來，同時又揉捏幾回，便有一個和自己差不多的小東西在兩手裡。

「啊，啊！」伊固然以爲是自己做的，但也疑心這東西就白薯似的原在泥土裡，禁不住很詫異了。

然而這詫異使伊喜歡，以未曾有的勇往和愉快繼續著伊的事業，呼吸吹噓著，汗混和著……

「Nga! Nga!」④那些小東西可是叫起來了。

「啊，啊！」伊又吃了驚，覺得全身的毛孔中無不有什麼東西飛散，於是地上便罩滿了乳白色的煙雲，伊才定了神，那些小東西也住了口。

「Akon! Agon!」有些東西向伊說。

「啊啊，可愛的寶貝。」伊看定他們，伸出帶著泥土的手指去撥他肥白的臉。

「Uvn, Ahaha!」他們笑了。這是伊第一回在天地間看見的笑，於是自己也第一回笑得合不上嘴唇來。

伊一面撫弄他們，一面還是做，被做的都在伊的身邊打圈，但他們漸漸的走得遠，說得多了，伊也漸漸的懂不得，只覺得耳朵邊滿是嘈雜的嚷，嚷得頗有些頭昏。

伊在長久的歡喜中，早已帶著疲乏了。幾乎吹完了呼吸，流完了汗，而況又頭昏，兩眼便朦朧起來，兩頰也漸漸的發了熱，自己覺得無所謂了，而且不耐煩。然而伊還是照舊的不歇手，不自覺的只是做。

終於，腰腿的痠痛逼得伊站立起來，倚在一座較為光滑的高山上，仰面一看，滿天是魚鱗樣的白雲，下面則是黑壓壓的濃綠。

伊自己也不知道怎樣，總覺得左右不如意了，便焦躁的伸出手去，信手一拉，拔起一株從山上長到天邊的紫藤，一房一房的剛開著大不可言的紫花，伊一揮，那藤便橫搭在地面上，遍地散滿了半紫半白的花瓣。

伊接著一擺手，紫藤便在泥和水裡一翻身，同時也濺出拌著水的泥土來，待到落在地上，就成了許多伊先前做過了一般的小東西，只是大半呆頭呆腦，獐頭鼠目的有些討厭。然而伊不暇理會這等事了，單是有趣而且煩躁，夾著惡作劇的將手只是掄，愈掄愈飛速了，那藤便拖泥帶水的在地上滾，像一條給沸水燙傷了的赤練蛇。泥點也就暴雨似的從藤身上飛濺開來，還在空中便成了哇哇地啼哭的小東西，爬來爬去的撒得滿地。

伊近於失神了，更其掄，但是不獨腰腿痛，連兩條臂膊也都乏了力，伊於是不由得蹲下身子去，將頭靠著高山，頭髮漆黑的搭在山頂上，喘息一回之後，嘆一口氣，兩眼就闔上了。紫藤從伊的手裡落了下來，也困頓不堪似的懶洋洋的躺在地面上。

二

轟!!!

在這天崩地塌價的聲音中，女媧猛然醒來，同時也就向東南方直溜下去了⑤。伊伸了腳想踏住，然而什麼也踹不到，連忙一舒臂揪住了山峰，這才沒有再向下滑的形勢。

但伊又覺得水和沙石都從背後向伊頭上和身邊滾潑過去了，略一回頭，便灌了一口和兩耳朵的水，伊趕緊低了頭，又只見地面不住的動搖。

幸而這動搖也似乎平靜下去了，伊向後一移，坐穩了身子，這才挪出手來拭去額角上和眼睛邊的水，細看是怎樣的情形。

情形很不清楚，遍地是瀑布般的流水；大概是海裡罷，有幾處更站起很尖的波浪來。伊只得呆呆的等著。

可是終於大平靜了，大波不過高如從前的山，像是陸地的處所便露出稜稜的石骨。伊正向海上看，只見幾座山奔流過來，一面又在波浪堆裡打旋子。

伊恐怕那些山碰了自己的腳，便伸手將他們撮住，望那山坳裡，還伏著許多未曾見過的東西。

伊將手一縮，拉近山來仔細的看，只見那些東西旁邊的地上吐得很狼藉，似乎是金玉的粉末⑥，又夾雜些嚼碎的松柏葉和魚肉。他們也慢慢的陸續抬起頭來了，女媧圓睜了眼睛，好容易才省悟到這便是自己先前所做的小東西，只是怪模怪樣的已經都用什麼包了身子，有幾個還在臉的下半截長著雪白的毛毛了，雖然被海水黏得像一片尖尖的白楊葉。

「阿，阿！」伊詫異而且害怕的叫，皮膚上都起粟，就像觸著一支毛刺蟲。

「上真⑦救命……」一個臉的下半截長著白毛的昂了頭，一面嘔吐，一面斷斷續續的說，「救命……臣等……是學仙的。誰料壞劫到來，天地分崩了。……現在幸而……遇到上真，……請救蟻命，……並賜仙……仙藥……」他於是將頭一起一落的做出異樣的舉動。

伊都茫然，只得又說，「什麼？」

他們中的許多也都開口了，一樣的是一面嘔吐，一面「上真上真」的只是嚷，接著又都做出異樣的舉動。伊被他們鬧得心煩，頗後悔這一拉，竟至於惹了莫名奇妙的禍。

伊無法可想的向四處看，便看見有一隊巨鰲⑧正在海面上游玩，伊不由的喜出望外了，立刻將那些山都擱在他們的脊樑上，囑咐道，「給我駝到平穩點的地方去罷！」巨鰲們似乎點一點頭，成群結隊的駝遠了。可是先前拉得過於猛，以致從山上摔下一個臉有白毛的來，此時趕不上，又不會鳧水，便伏在海邊自己打嘴巴。

這倒使女媧覺得可憐了，然而也不管，因為伊實在也沒有工夫來管這些事。

伊噓一口氣，心地較爲輕鬆了，再轉過眼光來看自己的身邊，流水已經退得不少，處處也露出廣闊的土石，石縫裡又嵌著許多東西，有的是直挺挺的了，有的卻還在動。伊瞥見有一個正在白著眼睛呆看伊；那是遍身多用鐵片包起來的，臉上的神情似乎很失望而且害怕。

「那是怎麼一回事呢？」伊順便的問。

「嗚呼，天降喪。」那一個便淒涼可憐的說，「顓頊不道，抗我后，我后躬行天討，戰於郊，天不祐德，我師反走，……」⑨

「什麼？」伊向來沒有聽過這類話，非常詫異了。

「我師反走，我后爰以厥首觸不周之山⑩，折天柱，絕地維，我后亦殂落。嗚呼，是實惟……」

「夠了夠了，我不懂你的意思。」伊轉過臉去了，卻又看見一個高興而且驕傲的臉，也多用鐵片包了全身的。

「那是怎麼一回事呢？」伊到此時才知道這些小東西竟會變這麼花樣不同的臉，所以也想問出別樣的可懂的答話來。

「人心不古，康回實有豕心，覷天位，我后躬行天討，戰於郊，天實祐德，我師攻戰無敵，殛康回於不周之山。⑪」

「什麼？」伊大約仍然沒有懂。

「人心不古，……」

「夠了夠了，又是這一套！」伊氣得從兩頰立刻紅到耳根，火速背轉頭，另外去尋覓，好容易才看見一個不包鐵片的東西，身子精光，帶著傷痕還在流血，只是腰間卻也圍著一塊破布片。他正從別一個直挺挺的東西的腰間解下那破布來，慌忙繫上自己的腰，但神色倒也很平淡。

伊料想他和包鐵片的那些是別一種，應該可以探出一些頭緒了，便問道：

「那是怎麼一回事呢？」

「那是怎麼一回事呵。」他略一抬頭，說。

「那剛才鬧出來的是？……」

「那剛才鬧出來的麼？」

「是打仗罷？」伊沒有法，只好自己來猜測了。

「打仗罷？」然而他也問。

女媧倒抽了一口冷氣，同時也仰了臉去看天。天上一條大裂紋，非常深，也非常闊。伊站起來，用指甲去一彈，一點不清脆，竟和破碗的聲音相差無幾了。伊皺著眉心，向四面察看一番，又想了一會，便擰去頭髮裡的水，分開了搭在左右肩膀上，打起精神來向各處拔蘆柴：伊已經打定了「修補起來再說」⑫的主意了。

伊從此日日夜夜堆蘆柴，柴堆高多少，伊也就瘦多少，因爲情形不比先前，——仰面是歪斜開裂的天，低頭是齷齪破爛的地，毫沒有一些可以賞心悅目的東西了。

蘆柴堆到裂口，伊才去尋青石頭。

當初本想用和天一色的純青石的，然而地上沒有這麼多，大山又捨不得用，有時到熱鬧處所去尋些零碎，看見的又冷笑，痛罵，或者搶回去，甚而至於還咬伊的手。伊於是只好攙些白石，再不夠，便湊上些紅黃的和灰黑的，後來總算將就的塡滿了裂口，只要一點火，一熔化，事情便完成，然而伊也累得眼花耳響，支持不住了。

「唉唉，我從來沒有這樣的無聊過。」伊坐在一座山頂上，兩手捧著頭，上氣不接下氣的說。

這時崑崙山上的古森林的大火⑬還沒有熄，西邊的天際都通紅。伊向西一瞟，決計從那裡拿過一株帶火的大樹來點蘆柴積，正要伸手，又覺得腳趾上有什麼東西刺著了。

伊順下眼去看，照例是先前所做的小東西，然而更異樣了，累累墜墜的用什麼布似的東西掛了一身，腰間又格外掛上十幾條布，頭上也罩著些不知什麼，頂上是一塊烏黑的小小的長方板⑭，手裡拿著一片物件，刺伊腳趾的便是這東西。

那頂著長方板的卻偏站在女媧的兩腿之間向上看，見伊一順眼，便倉皇的將那小片遞上來了。伊接過來看時，是一條很光滑的青竹片，上面還有兩行黑色的細點，比槲樹葉上的黑斑小得多。伊倒也很佩服這手段的細巧。

「這是什麼？」伊還不免於好奇，又忍不住要問了。

頂長方板的便指著竹片，背誦如流的說道，「裸裎淫佚，失德蔑禮敗度，禽獸行。國有常刑，惟禁！」

女媧對那小方板瞪了一眼，倒暗笑自己問得太悖了，伊本已知道和這類東西扳談，照例是說不通的，於是不再開口，隨手將竹片擱在那頭頂上面的方板上，回手便從火樹林裡抽出一株燒著的大樹來，要向蘆柴堆上去點火。

忽而聽到嗚嗚咽咽的聲音了，可也是聞所未聞的玩藝，伊姑且向下再一瞟，卻見方板底下的小眼睛裡含著兩粒比芥子還小的眼淚。因爲這和伊先前聽慣的「nga nga」的哭聲大不同了，所以竟不知道這也是一種哭。

伊就去點上火，而且不止一地方。

火勢並不旺，那蘆柴是沒有乾透的，但居然也烘烘的響，很久很久，終於伸出無數火焰的舌頭來，一伸一縮的向上舔，又很久，便合成火焰的重台花⑮，又成了火焰的柱，赫赫的壓倒了崑崙山上的紅光。

大風忽地起來，火柱旋轉著發吼，青的和雜色的石塊都一色通紅了，飴糖似的流布在裂縫中間，像一條不滅的閃電。

風和火勢捲得伊的頭髮都四散而且旋轉，汗水如瀑布一般奔流，大光焰烘托了伊的身軀，使宇宙間現出最後的肉紅色。

火柱逐漸上升了，只留下一堆蘆柴灰。伊待到天上一色青碧的時候，才伸手去一摸，指面上卻覺得還很有些參差。

「養回了力氣，再來罷。……」伊自己想。

伊於是彎腰去捧蘆灰了，一捧一捧的填在地上的大水裡，蘆灰還未冷透，蒸得水澌澌的沸湧，灰水潑滿了伊的周身。大風又不肯停，夾著灰撲來，使伊成了灰土的顏色。

「吁！……」伊吐出最後的呼吸來。

天邊的血紅的雲彩裡有一個光芒四射的太陽，如流動的金球包在荒古的熔岩中；那一邊，卻是一個生鐵一般的冷而且白的月亮。但不知道誰是下去和誰是上來。這時候，伊的以自己用盡了自己一切的軀殼，便在這中間躺倒，而且不再呼吸了。

上下四方是死滅以上的寂靜。

三

有一日，天氣很寒冷，卻聽到一點喧囂，那是禁軍終於殺到了，因爲他們等候著望不見火光和煙塵的時候，所以到得遲。

他們左邊一柄黃斧頭，右邊一柄黑斧頭，後面一柄極大極古的大纛，躲躲閃閃的攻到女媧死屍的旁邊，卻並不見有什麼動靜。他們就在死屍的肚皮上紮了寨，因爲這一處最膏腴，他們檢選這些事是很伶俐的。

然而他們卻突然變了口風，說惟有他們是女媧的嫡派，同時也就改換了大纛旗上的蝌蚪字，寫道「女媧氏之腸」⑯。

落在海岸上的老道士也傳了無數代了。他臨死的時候，才將仙山被巨鰲背到海上這一件要聞傳授徒弟，徒弟又傳給徒孫，後來一個方士想討好，竟去奏聞了秦始皇，秦始皇便教方士去尋去⑰。

方士尋不到仙山，秦始皇終於死掉了；漢武帝又教尋，也一樣的沒有影⑱。

大約巨鰲們是並沒有懂得女媧的話的，那時不過偶爾湊巧的點了點頭。模模糊糊的背了一程之後，大家便走散去睡覺，仙山也就跟著沉下了，所以直到現在，總沒有人看見半座神仙山，至多也不外乎發現了若干野蠻島。

一九二二年十一月作

注釋

①本篇最初發表於一九二二年十二月一日北京《晨報四周紀念增刊》，題名《不周

山》，曾收入《吶喊》；一九三〇年一月《吶喊》第十三次印刷時，作者將此篇抽去，後改爲現名，收入本書。

②**女媧**　我國古代神話中的人類始祖。她用黃土造人，是我國關於人類起源的一種神話。《太平御覽》卷七十八引漢代應劭《風俗通》說：「俗說：天地開闢，未有人民；女媧搏黃土作人，劇務力不暇供，乃引繩於泥中，舉以爲人。故富貴者黃土人也；貧賤凡庸者絙人也。」（按《風俗通》全名《風俗通義》，今傳本無此條。）

③**伊**　女性第三人稱代名詞。當時還未使用「她」字。

④「Nga! nga!」以及下文的「Akon, Agon!」「Uvu, Ahahaa!」都是用拉丁字母拼寫的象聲詞。「Nga! nga!」譯音似「嗯啊！嗯啊！」「Akon! Agon!」譯音似「阿空，阿公！」「Uvu, AAhaha!」譯音似「嗚唔，啊哈哈！」

⑤這是關於共工怒觸不周山的神話。《淮南子·天文訓》：「昔者共工與顓頊爭爲帝，怒而觸不周之山，天柱折，地維絕。天傾西北，故日月星辰移焉；地不滿東南，故水潦塵埃歸焉。」按共工、顓頊，都是我國古代神話傳說中的人物。過去史家說，共工是上古一個諸侯，炎帝（神農氏）的後代；顓頊是黃帝之孫，上古史上「五帝」之一，號高陽氏。

⑥**金玉的粉末**　指道士服食的丹砂金玉之類的東西，道士認爲服食後可以長生不老。

⑦**上真**　道教稱修煉得道的人爲真人，上真是一種尊稱。

⑧**巨鰲**　見《列子·湯問》：「勃海之東，不知幾億萬里，……其中有五山焉：一曰岱輿、二曰員嶠、三曰方壺、四曰瀛洲、五曰蓬萊。……所居之人，皆仙聖之種。……而五山之根，無所連著，常隨潮波，上下往還，不得蹔（暫）峙焉。仙聖毒之，訴之於帝，帝恐流於西極，失群聖之居，乃命禺彊使巨鰲十五舉首而戴之，迭爲三番，六萬歲一交焉，五山始峙。」按禺彊，見《山海經·大荒北經》：「北海之渚，中有神，人面鳥身，珥兩青蛇，踐兩赤蛇，名曰禺彊。」

⑨這是共工與顓頊之戰中共工一方的話。后，君主，這裡指共工。這幾句和後面兩處文言句子，都是模仿《尙書》一類古書的文字。

⑩**不周之山**　據《山海經·西山經》晉代郭璞注：「此山形有缺不周帀處，因名云。」又《淮南子·原道訓》後漢高誘注，此山在「崑崙西北」。

⑪這是顓頊一方的話。康回，共工名。后，這裡指顓頊。

⑫關於女媧煉石補天的神話，《淮南子·覽冥訓》中有如下的記載：「往古之時，四極廢，九州裂；天不兼復，墜（地）不周載；火爁炎而不滅，水浩洋而不息；……於是女媧煉五色石以補蒼天，斷鰲足以立四極，殺黑龍以濟冀州，積蘆灰以止淫水。」又唐代司馬貞《補史記·三皇本紀》：「當其（女媧）末年也，諸侯有共工

氏，任智刑以強，霸而不王，以水乘木，乃與祝融戰，不勝而怒，乃頭觸不周山崩，天柱折，地維缺。女媧乃煉五色石以補天，斷鼇足以立四極，聚蘆灰以止淫水，以濟冀州。」

⑬**崑崙山上的古森林的大火**　據《山海經·大荒西經》：「有大山名曰崑崙之丘……其外有炎火之山，投物輒然（燃）。」

⑭**長方板**　古代帝王、諸侯禮冠頂上的飾板，古名爲「延」，亦名「冕板」。頂長方板的小東西，即本書《序言》中所說的「古衣冠的小丈夫」。下面他背誦的幾句文言句子，也是模擬《尚書》一類古書的。

⑮**重台花**　復瓣花。

⑯關於「女媧氏之腸」的神話，《山海經·大荒西經》中有如下的記載：「西北海之外，大荒之隅，有山而不合，名曰不周負子。……有國名曰淑士，顓頊之子。有神十人，名曰女媧之腸，化爲神，處栗廣之野。」郭璞注：「女媧，古神女而帝者，人面蛇身，一日中七十變，其腸化爲此神。」蝌蚪字，古代文字，筆畫頭粗尾細，形如蝌蚪。

⑰秦始皇尋仙山的故事，《史記·秦始皇本紀》中有如下的記載：「齊人徐市（芾）上書，言海中有三神山，名曰蓬萊、方丈、瀛洲，仙人居之。請得齋

戒，與童男女求之。於是遣徐市發童男女數千人，入海求仙人。……數歲不得。」

⑱漢武帝尋仙山的故事，《史記・封禪書》中有如下的記載：方士「（李）少君言上（漢武帝）曰：『……臣嘗游海上，見安期生，安期生食巨棗，大如瓜。安期生仙者，通蓬萊中，合則見人，不合則隱。』於是天子始親祠灶，遣方士入海求蓬萊安期生之屬，而事化丹沙諸藥齊（劑）爲黃金矣。……而方士之候伺神人，入海求蓬萊，終無有驗。」

奔月①

一

聰明的牲口確乎知道人意，剛剛望見宅門，那馬便立刻放緩腳步了，並且和牠背上的主人同時垂了頭，一步一頓，像搗米一樣。

暮靄籠罩了大宅，鄰屋上都騰起濃黑的炊煙，已經是晚飯時候。家將們聽得馬蹄聲，早已迎了出來，都在宅門外垂著手直挺挺地站著。羿②在垃圾堆邊懶懶地下了馬，家將們便接過韁繩和鞭子去。他剛要跨進大門，低頭看看掛在腰間的滿壺的簇新的箭和網裡的三隻烏老鴉和一隻射碎了的小麻雀，心裡就非常躊躕。但到底硬著頭皮，大踏步走進去了；箭在壺裡豁朗豁朗地響著。

剛到內院，他便見嫦娥③在圓窗裡探了一探頭。他知道她眼睛快，一定早瞧見那幾隻烏鴉的了，不覺一嚇，腳步登時也一停，——但只得往裡走。使女們都迎出來，給他卸了弓箭，解下網兜。他彷彿覺得她們都在苦笑。

「太太……。」他擦過手臉，走進內房去，一面叫。

嫦娥正在看著圓窗外的暮天，慢慢回過頭來，似理不理的向他看了一眼，沒有答應。

這種情形，羿倒久已習慣的了，至少已有一年多。他仍舊走近去，坐在對面的鋪著脫毛的舊豹皮的木榻上，搔著頭皮，支支吾吾地說——

「今天的運氣仍舊不見佳，還是只有烏鴉……。」

「哼？」嫦娥將柳眉一揚，忽然站起來，風似的往外走，嘴裡咕嚕著，「又是烏鴉的炸醬麵，又是烏鴉的炸醬麵！你去問問去，誰家是一年到頭只吃烏鴉肉的炸醬麵的？我真不知道是走了什麼運，竟嫁到這裡來，整年的就吃烏鴉的炸醬麵！」

「太太，」羿趕緊也站起，跟在後面，低聲說，「不過今天倒還好，另外還射了一隻麻雀，可以給你做菜的。女辛④！」他大聲地叫使女，「你把那一隻麻雀拿過來請太太看！」

野味已經拿到廚房裡去了，女辛便跑去挑出來，兩手捧著，送在嫦娥的眼前。

「哼！」她瞥了一眼，慢慢地伸手一捏，不高興地說，「一團糟！不是全都粉碎了麼？肉在那裡？」

「是的，」羿很惶恐，「射碎的。我的弓太強，箭頭太大了。」

「你不能用小一點的箭頭的麼？」

「我沒有小的。自從我射封豕長蛇⑤……。」

「這是封豕長蛇麼？」她說著，一面回轉頭去對著女辛道，「放一碗湯罷！」便又退回房裡去了。

只有羿呆呆地留在堂屋裡，靠壁坐下，聽著廚房裡柴草爆炸的聲音。他回憶當年的封豕是多麼大，遠遠望去就像一座小土岡，如果那時不去射殺牠，留到現在，足可以吃半年，又何用天天愁飯菜。還有長蛇，也可以做羹喝……。

女乙來點燈了，對面牆上掛著的彤弓⑥、彤矢、盧弓、盧矢、弩機、長劍、短劍，便都在昏暗的燈光中出現。羿看了一眼，就低了頭，嘆一口氣；只見女辛搬進夜飯來，放在中間的案上，左邊是五大碗白麵；右邊兩大碗，一碗湯；中央是一大碗烏鴉肉做的炸醬。

羿吃著炸醬麵，自己覺得確也不好吃；偷眼去看嫦娥，她炸醬是看也不看，只用湯泡了麵，吃了半碗，又放下了。他覺得她臉上彷彿比往常黃瘦些，生怕她生了病。

到二更時，她似乎和氣一些了，默坐在床沿上喝水。羿就坐在旁邊的木榻上，手摩著脫毛的舊豹皮。

「唉，」他和藹地說，「這西山的文豹，還是我們結婚以前射得的，那時多麼好看，全體黃金光。」他於是回想當年的食物，熊是只吃四個掌，駝留峰，其餘的就都賞給使女和家將們。後來大動物射完了，就吃野豬兔山雞；射法又高強，要多少有多少。「唉，」他不覺嘆息，「我的箭法真是太巧妙了，竟射得遍地精光。那時誰料到只剩下烏鴉做菜……。」

「哼。」嫦娥微微一笑。

「今天總還要算運氣的，」羿也高興起來，「居然獵到一隻麻雀。還是遠繞了三十里路才找到的。」

「你不能走得更遠一點的麼?!」

「對。太太。我也這樣想。明天我想起得早些。倘若你醒得早，那就叫醒我。我準備再遠走五十里，看看可有些麞子兔子。……但是，怕也難。當我射封豕長蛇的時候，野獸是那麼多。你還該記得罷，丈母的門前就常有黑熊走過，叫我去射了好幾回……。」

「是麼?」嫦娥似乎不大記得。

「誰料到現在竟至於精光的呢。想起來，真不知道將來怎麼過日子。我呢，倒不要緊，只要將那道士送給我的金丹吃下去，就會飛升。但是我第一先得替你打算，……所以我決計明天再走得遠一點……。」

「哼。」嫦娥已經喝完水，慢慢躺下，闔上眼睛了。

殘膏的燈火照著殘妝，粉有些褪了，眼圈顯得微黃，眉毛的黛色也彷彿兩邊不一樣。但嘴唇依然紅得如火；雖然並不笑，頰上也還有淺淺的酒窩。

「唉唉，這樣的人，我就整年地只給她吃烏鴉的炸醬麵……。」羿想著，覺得慚愧，兩頰連耳根都熱起來。

二

過了一夜就是第二天。

羿忽然睜開眼睛，只見一道陽光斜射在西壁上，知道時候不早了；看看嫦娥，兀自攤開四肢沈睡。他悄悄地披上衣服，爬下豹皮榻，躄出堂前，一面洗臉，一面叫女庚去吩咐王升備馬。

他因為事情忙，是早就廢止了朝食⑦的；女乙將五個炊餅，五株蔥和一包辣醬都放在網兜裡，並弓箭一齊替他繫在腰間。他將腰帶緊了一緊，輕輕地跨出堂外面，一面告訴那正從對面進來的女庚道——

「我今天打算到遠地方去尋食物去，回來也許晚一些。看太太醒後，用過早點心，有些高興的時候，你便去稟告，說晚飯請她等一等，對不起得很。記得麼？你說：對不起得很。」

他快步出門，跨上馬，將站班的家將們扔在腦後，不一會便跑出村莊了。前面是天天走熟的高粱田，他毫不注意，早知道什麼也沒有的。加上兩鞭，一徑飛奔前去，一氣就跑了六十里上下，望見前面有一簇很茂盛的樹林，馬也喘氣不迭，渾身流汗，自然慢下去了。

大約又走了十多里，這才接近樹林，然而滿眼是胡蜂、粉蝶、螞蟻、蚱蜢，那裡有一點禽獸的蹤跡。他望見這一塊新地方時，本以為至少總可以有一兩匹狐兒兔兒的，現在才知道又是夢想。他只得繞出樹林，看那後面卻又是碧綠的高粱田，遠處散點著幾間小小的土屋。風和日暖，鴉雀無聲。

去了。

「倒楣！」他盡量地大叫了一聲，出出悶氣。

但再前行了十多步，他即刻心花怒放了，遠遠地望見一間土屋外面的平地上，的確停著一匹飛禽，一步一啄，像是很大的鴿子。他慌忙趕弓拈箭，引滿弦，將手一放，那箭便流星般出去了。

這是無須遲疑的，向來有發必中；他只要策馬跟著箭路飛跑前去，便可以拾得獵物。誰知道他將要臨近，卻已有一個老婆子捧著帶箭的大鴿子，大聲嚷著，正對著他的馬頭搶過來。

「你是誰哪？怎麼把我家的頂好的黑母雞射死了？你的手怎的有這麼閑哪？……」

羿的心不覺跳了一跳，趕緊勒住馬。

「啊呀！雞麼？我只道是一隻鵓鴣。」他惶恐地說。

「瞎了你的眼睛！看你也有四十多歲了罷。」

「是的。老太太。我去年就有四十五歲了⑧。」

「你真是枉長白大！連母雞也不認識，會當作鵓鴣！你究竟是誰哪？」

「我就是夷羿。」他說著，看看自己所射的箭，是正貫了母雞的心，果然死了，末後的兩個字便說得不大響亮；一面從馬上跨下來。

「夷羿……誰呢？我不知道。」她看著他的臉，說。

「有些人是一聽就知道的。堯爺的時候，我曾經射死過幾匹野豬，幾條蛇……。」

「哈哈！騙子！那是逢蒙⑨老爺和別人合夥射死的。也許有你在內罷；但你倒說是你自己了，好不識羞！」

「啊啊，老太太。逢蒙那人，不過近幾年時常到我那裡來走走，我並沒有和他合夥，全不相干的。」

「說誑，近來常有人說，我一月就聽到四五回。」

「那也好。我們且談正經事罷。這雞怎麼辦呢？」

「賠。這是我家最好的母雞，天天生蛋。你得賠我兩柄鋤頭，三個紡錘。」

「老太太，你瞧我這模樣，是不耕不織的，那裡來的鋤頭和紡錘。我身邊又沒有錢，只有五個炊餅，倒是白麵做的，就拿來賠了你的雞，還添上五株蔥和一包甜辣醬。你以爲怎樣？……」他一隻手去網兜裡掏炊餅，伸出那一隻手去取雞。

老婆子看見白麵的炊餅，倒有些願意了，但是定要十五個。磋商的結果，好容易才定爲十個，約好至遲明天正午送到，就用那射雞的箭作抵押。

羿這時才放了心，將死雞塞進網兜裡，跨上鞍，回馬就走，雖然肚餓，心裡卻很喜歡，他們不喝雞湯實在已經有一年多了。

他繞出樹林時，還是下午，於是趕緊加鞭向家裡走；但是馬力乏了，剛到走慣的高粱田近旁，已是黃昏時候。只見對面遠處有人影子一閃，接著就有一枝箭忽地向他飛來⑩。

羿並不勒住馬，任牠跑著，一面卻也拈弓搭箭，只一發，只聽得錚的一聲，箭尖正觸著箭尖，在空中發出幾點火花，兩枝箭便向上擠成一個「人」字，又翻身落在地上了。第一箭剛剛相觸，兩面立刻又來了第二箭，還是錚的一聲，相觸在半空中。那樣地射了九箭，羿的箭都用盡了；但他這時已經看清逢蒙得意地站在對面，卻還有一枝箭搭在弦上正在瞄準他的咽喉。

「哈哈，我以爲他早到海邊摸魚去了，原來還在這些地方幹這些勾當，怪不得那老婆子有那些話……。」羿想。

那時快，對面是弓如滿月，箭似流星。颼的一聲，徑向羿的咽喉飛過來。也許是瞄準差了一點了，卻正中了他的嘴；一個觔斗，他帶箭掉下馬去了，馬也就站住。

逢蒙見羿已死，便慢慢地蹩過來，微笑著去看他的死臉，當作喝一杯勝利的白乾。

剛在定睛看時，只見羿張開眼，忽然直坐起來。

「你真是白來了一百多回。」他吐出箭，笑著說：「難道連我的『嚙鏃法』⑪都沒有知道麼？這怎麼行。你鬧這些小玩藝兒是不行的，偷去的拳頭打不死本人，要自己練練才好。」

「即以其人之道，反諸其人之身……。」勝者低聲說。

「哈哈哈！」他一面大笑，一面站了起來，「又是引經據典。但這些話你只可以哄哄老婆子，本人面前搗什麼鬼？俺向來就只是打獵，沒有弄過你似的剪徑的玩藝兒……。」他說著，又看看網兜裡的母雞，倒並沒有壓壞，便跨上馬，逕自走了。

「……你打了喪鐘！……」遠遠地還送來叫罵。

「真不料有這樣沒出息。輕輕年紀，倒學會了詛咒，怪不得那老婆子會那麼相信他。」羿想著，不覺在馬上絕望地搖了搖頭。

三

還沒有走完高粱田，天色已經昏黑；藍的空中現出明星來，長庚在西方格外燦爛。馬只能認著白色的田塍走，而且早已筋疲力竭，自然走得更慢了。幸而月亮卻在天際漸漸吐出銀白的清輝。

「討厭！」羿聽到自己的肚子裡咕嚕咕嚕地響了一陣，便在馬上焦躁了起來。「偏是謀生忙，便偏是多碰到些無聊事，白費工夫！」他將兩腿在馬肚子上一磕，催牠快走，但馬卻只將後半身一扭，照舊地慢騰騰。

「嫦娥一定生氣了，你看今天多麼晚。」他想。「說不定要裝怎樣的臉給我看哩。但幸而有這一隻小母雞，可以引她高興。我只要說：太太，這是我來回跑了二百里路才找來的。不，不好，這話似乎太逞能。」

他望見人家的燈火已在前面，一高興便不再想下去了。馬也不待鞭策，自然飛奔。圓的雪白的月亮照著前途，涼風吹臉，真是比大獵回來時還有趣。

馬自然而然地停在垃圾堆邊；羿一看，彷彿覺得異樣，不知怎地似乎家裡亂毿毿。迎出來的也只有一個趙富。

「怎的？王升呢？」他奇怪地問。

「王升到姚家找太太去了。」

「什麼？太太到姚家去了麼？」羿還呆坐在馬上。問。

「喳……。」他一面答應著，一面去接馬轠和馬鞭。

羿這才爬下馬來，跨進門，想了一想，又回過頭去問道——

「不是等不迭了，自己上飯館去了麼？」

「喳。三個飯館，小的都去問過了，沒有在。」

羿低了頭，想著，往裡面走，三個使女都惶惑地聚在堂前。他便很詫異，大聲的問道——

「你們都在家麼？姚家，太太一個人不是向來不去的麼？」

她們不回答，只看看他的臉，便來給他解下弓袋和箭壺和裝著小母雞的網兜。羿忽然心驚肉跳起來，覺得嫦娥是因為氣忿尋了短見了，便叫女庚去叫趙富來，要他到後園的池裡樹上去看一遍。但他一跨進房，便知道這推測是不確的了：房裡也很亂，衣箱是開著，向床裡一看，首先就看出失少了首飾箱。他這時正如頭上淋了一盆冷水，金珠自然不算什麼，然而那道士送給他的仙藥，也就放在這首飾箱裡的。

羿轉了兩個圓圈，才看見王升站在門外面。

「回老爺，」王升說，「太太沒有到姚家去；他們今天也不打牌。」

羿看了他一眼，不開口。王升就退出去了。

「老爺叫？……」趙富上來，問。

羿將頭一搖，又用手一揮，叫他也退出去。

羿又在房裡轉了幾個圈子，走到堂前，坐下，仰頭看著對面壁上的彤弓，彤矢，盧弓，盧矢，弩機，長劍，短劍，想了些時，才問那呆立在下面的使女們道——

「太太是什麼時候不見的？」

「掌燈時候就不看見了，」女乙說，「可是誰也沒見她走出去。」

「你們可見太太吃了那箱裡的藥沒有？」

「那倒沒有見。但她下午要我倒水喝是有的。」

羿急得站了起來，他似乎覺得，自己一個人被留在地上了。

「你們看見有什麼向天上飛升的麼？」他問。

「哦！」女辛想了一想，大悟似的說，「我點了燈出去的時候，的確看見一個黑影向這邊飛去的，但我那時萬想不到是太太……。」於是她的臉色蒼白了。

「一定是了！」羿在膝上一拍，即刻站起，走出屋外去，回頭問著女辛道，「那邊？」

女辛用手一指，他跟著看去時，只見那邊是一輪雪白的圓月，掛在空中，其中還隱約現出樓台，樹木；當他還是孩子時候祖母講給他聽的月宮中的美景，他依稀記得起來了。他對著浮游在碧海裡似的月亮，覺得自己的身子非常沉重。

他忽然憤怒了。從憤怒裡又發了殺機，圓睜著眼睛，大聲向使女們叱吒道——

「拿我的射日弓來！和三枝箭！」

女乙和女庚從堂屋中央取下那強大的弓，拂去塵埃，並三枝長箭都交在他手裡。

他一手拈弓，一手捏著三枝箭，都搭上去，拉了一個滿弓，正對著月亮。身子是岩石一般挺立著，眼光直射，閃閃如岩下電⑫，鬚髮開張飄動，像黑色火，這一瞬息，使人彷彿想見他當年射日⑬的雄姿。

颼的一聲，——只一聲，已經連發了三枝箭，剛發便搭，一搭又發，眼睛不及看清那手法，耳朵也不及分別那聲音。本來對面是雖然受了三枝箭，應該都聚在一處的，因爲箭箭相銜，不差絲髮。但他爲必中起見，這時卻將手微微一動，使箭到時分成三點，有三個傷。

使女們發一聲喊，大家都看見月亮只一抖，以爲要掉下來了，——但卻還是安然地懸著，發出和悅的更大的光輝，似乎毫無傷損。

「哦！」羿仰天大喝一聲，看了片刻；然而月亮不理他。他前進三步，月亮便退了三步；

他退三步，月亮卻又照數前進了。

他們都默著，各人看各人的臉。

羿懶懶地將射日弓靠在堂門上，走進屋裡去。使女們也一起跟著他。

「唉，」羿坐下，嘆一口氣，「那麼，你們的太太就永遠一個人快樂了。她竟忍心撇了我獨自飛升？莫非看得我老起來了？但她上月還說：並不算老，若以老人自居，是思想的墮落。」

「這一定不是的。」女乙說，「有人說老爺還是一個戰士。」

「有時看去簡直好像藝術家。」女辛說。

「放屁！——不過烏老鴉的炸醬麵確也不好吃，難怪她忍不住……。」

「那豹皮褥子脫毛的地方，我去剪一點靠牆的腳上的皮來補一補罷，怪不好看的。」女辛就往房裡走。

「且慢，」羿說著，想了一想，「那倒不忙。我實在餓極了，還是趕快去做一盤辣子雞，烙五斤餅來，給我吃了好睡覺。明天再去找那道士要一服仙藥，吃了追上去罷。女庚，你去吩咐王升，叫他量四升白豆餵馬！」

一九二六年十二月作

注釋

①本篇最初發表於一九二七年一月二十五日北京《莽原》半月刊第二卷第二期。

②**羿**　亦稱夷羿，我國古代傳說中善射的英雄。據古書記載，帝嚳時有羿，堯時和夏朝太康時也有羿，他們都以善射著稱，而事跡又往往混爲一人。《尚書·五子之歌》唐代孔穎達疏引後漢賈逵的話，以爲「『羿』是善射之號，非復人之名字」；這樣，傳說中的羿大概是集古代許多善射者的事跡於一身的人物。

③**嫦娥**　古代神話中人物。關於嫦娥奔月的神話，據《淮南子·覽冥訓》：「羿請不死之藥於西王母，姮娥竊以奔月。」高誘注：「姮娥，羿妻。羿請不死之藥於西王母，未及服之；姮娥盜食之，得仙，奔入月中，爲月精也。」按嫦娥原作姮娥，漢代人因避文帝（劉恆）諱改爲嫦娥。

④**女辛**　商王以十干（天干）爲廟號，王室以外，也有用十干爲名的；這裡的女辛以及下面的女乙、女庚等，都是作者虛擬的人名。

⑤羿射封豕長蛇的傳說，據《淮南子·本經訓》：「堯之時，……封豨、修蛇皆爲民害。堯乃使羿，……斷修蛇於洞庭，擒封豨於桑林。」封豨，大野豬；修蛇，長蛇。

⑥彤弓等見《山海經·海內經》：「帝俊（即舜）賜羿彤弓素矰，以扶下國。」又見《尚書·文侯之命》：「彤弓一，彤矢百；盧弓一，盧矢百。」彤弓、彤矢，即紅色的弓和矢；盧弓、盧矢，即黑色的弓和矢。弩機，是弩上發矢的機括，一稱弩牙。

⑦**廢止朝食**　過去有一些人為了「健康不老」，提倡節食。蔣維喬曾據日本美島近一郎的著作「輯述」而成《廢止朝食論》一書，一九一五年六月上海商務印書館出版。

⑧這裡「去年就有四十五歲了」的話以及下文好幾處，都與當時高長虹誹謗魯迅的事件有關。高長虹，山西盂縣人，狂飆社主要成員之一；是當時一個思想上帶有虛無主義和無政府主義色彩的青年作者。他在一九二四年十二月認識魯迅後，曾得到魯迅很多指導和幫助；他的第一本創作散文和詩的合集《心的探險》，即由魯迅選輯並編入《烏合叢書》。魯迅在一九二五年編輯《莽原》周刊時，他是該刊經常的撰稿者之一；但至一九二六年下半年，他藉口《莽原》半月刊的編者韋素園（當時魯迅已離開北京到廈門大學任教，《莽原》自一九二六年起改為半月刊）壓下了向培良的一篇稿子，即對韋素園等進行人身攻擊，並對魯迅表示不滿；但另一方面他又利用魯迅的名字進行招搖撞騙，如登在當年八月《新女性》月刊上的狂飆社（他

和向培良等所組織的文藝團體）廣告中，即冒稱他們曾與魯迅合辦《莽原》，合編《烏合叢書》等，並暗示讀者好像魯迅也參與他們的所謂「狂飆運動」。魯迅當時曾發表《所謂「思想界先驅者」魯迅啓事》（後收入《華蓋集續編》），揭穿了這一騙局；高長虹即進而攻擊魯迅，在他所寫的《走到出版界》中不斷地對魯迅進行誹謗。這篇小說寫於高長虹誹謗魯迅的時候，其中逢蒙這個形象就含有高長虹的影子。魯迅在一九二七年一月十一日給許廣平的信中提到這篇作品時說：「那時就做了一篇小說，和他（按指高長虹）開了一些小玩笑」（見《兩地書·一一二》）。小說中有些對話也是摘取高長虹所寫《走到出版界》中的文句略加改動而成。如這裡的「去年就有四十五歲了」以及下文的「若以老人自居，是思想的墮落」等語，都引自其中的一篇《一九二五北京出版界形勢指掌圖》：「須知年齡尊卑，是乃祖乃父們的因襲思想，在新的時代是最大的阻礙物。魯迅去年不過四十五歲……如自謂老人，是精神的墮落！」又如下文「你真是白來了一百多回」，也是針對高長虹在這篇《指掌圖》中自稱與魯迅「會面不只百次」的話而說的，「即以其人之道，反諸其人之身」，是引自其中的《公理與正義的談話》：「正義：我深望彼等覺悟，但恐不容易吧！公理：我即以其人之道反諸其人之身。」還有，「你打了喪鐘」，是引自其中的《時代的命運》：「魯迅先生已不著言語而敲了舊時代的喪鐘。」「有人說老爺還是一個戰士」，「有時看去簡直好像藝術家」，也是從《指掌圖》中引來：「他（按指魯迅）所給與我的印象，實以此一短促的時期（按指一九二四年末）為最清新，彼此時實為一真正的藝術家的面目，過此以往，則遞降而至一不很高明而卻奮勇的戰士的面目。」（《走出版界》是高長虹在他所主編的《狂飆》周刊上連續發表的零星批評文字的總題，後來出版單行本。）

⑨ **逢蒙** 我國古代善射的人，相傳他是羿的弟子。《吳越春秋・勾踐陰謀外傳》：「黃帝之後，楚有弧父，……習用弓矢，所射無脫；以其道傳於羿，羿傳逢蒙。」

⑩ 逢蒙射羿的故事，在《孟子・離婁》中有如下的記載：「逢蒙學射於羿，盡羿之道；思天下惟羿為愈己，於是殺羿。」又《列子・湯問》有關於飛衛的故事：「飛衛學射手甘蠅；……紀昌者，又學射於飛衛，……紀昌既盡衛之術，計天下之敵己者，一人而已；乃謀殺飛衛。相遇於野，二人交射，中路矢鋒相觸而墜於地，而塵不揚。飛衛之矢先窮，紀昌遺一矢，既發，飛衛以棘刺之端扞（捍）之而無差焉。」

⑪ 「**嚙鏃法**」 《太平御覽》卷三五〇引有《列子》的如下記載：「飛衛學射於甘蠅，諸法並善，唯嚙法不教。衛密將矢以射蠅，蠅嚙得鏃矢射衛，衛繞樹而走，矢亦繞樹而射。」（按今本《列子》無此文。）

⑫閃閃如岩下電　語出《世說新語·容止》，王衍稱裴楷「雙眸閃閃若岩下電」。

⑬射日　《淮南子·本經訓》：「堯之時，十日並出，焦禾稼，殺草木，而民無所食。……堯乃使羿，……上射十日。」高誘注：「十日並出，羿射去九。」

理水①

一

這時候是「湯湯洪水方割，浩浩懷山襄陵」②；舜爺③的百姓，倒並不都擠在露出水面的山頂上，有的捆在樹頂，有的坐著木排，有些木排上還搭有小小的板棚，從岸上看起來，很富於詩趣。

遠地裡的消息，是從木排上傳過來的。大家終於知道鯀大人因爲治了九整年的水，什麼效驗也沒有，上頭龍心震怒，把他充軍到羽山去了④，接任的好像就是他的兒子文命少爺，乳名叫作阿禹⑤。

災荒得久了，大學早已解散，連幼稚園也沒有地方開，所以百姓們都有些混混沌沌。只在文化山上⑥，還聚集著許多學者，他們的食糧，是都從奇肱國⑦用飛車運來的，因此不怕缺乏，因此也能夠研究學問。然而他們裡面，大抵是反對禹的，或者簡直不相信世界上真有這個禹。

每月一次，照例的半空中要簌簌的發響，愈響愈厲害，飛車看得清楚了，車上插一張旗，畫著一個黃圓圈在發毫光。離地五尺，就掛下幾隻籃子來，別人可不知道裡面裝的是什麼，只聽得上下在講話：

「古貌林！⑧」

「好杜有圖！⑨」

「古魯幾哩……」

「ＯＫ！⑩」

飛車向奇肱國疾飛而去，天空中不再留下微聲，學者們也靜悄悄，這是大家在吃飯。獨有山周圍的水波，撞著石頭，不住的澎湃的在發響。午覺醒來，精神百倍，於是學說也就壓倒了濤聲了。

「禹來治水，一定不成功，如果他是鯀的兒子的話，」一個拿拄杖的學者說。「我曾經搜集了許多王公大臣和豪富人家的家譜，很下過一番研究工夫，得到一個結論：闊人的子孫都是闊人，壞人的子孫都是壞人——這就叫作『遺傳』。所以，鯀不成功，他的兒子禹一定也不會成功，因爲愚人是生不出聰明人來的！」

「ＯＫ！」一個不拿拄杖的學者說。

「不過您要想想咱們的太上皇⑪。」別一個不拿拄杖的學者道。

「他先前雖然有些『頑』，現在可是改好了。倘是愚人，就永遠不會改好……」

「ＯＫ！」

「這這些些都是廢話，」又一個學者吃吃的說，立刻把鼻尖脹得通紅。「你們是受了謠言的騙的。其實並沒有所謂禹，『禹』是一條蟲，蟲蟲會治水的嗎？我看鯀也沒有的，『鯀』是一條魚，魚魚會治水水水的嗎？」他說到這裡，把兩腳一蹬，顯得非常用勁。

「不過鯀卻的確是有的，七年以前，我還親眼看見他到崑崙山腳下去賞梅花的。」

「那麼，他的名字弄錯了，他大概不叫『鯀』，他的名字應該叫『人』！至於禹，那可一定是一條蟲，我有許多證據，可以證明他的烏有，叫大家來公評……」

於是他勇猛的站了起來，摸出削刀，刮去了五株大松樹皮，用吃剩的麵包末屑和水研成漿，調了炭粉，在樹身上用很小的蝌蚪文寫上抹殺阿禹的考據，足足花掉了三九廿七天工夫。但是凡有要看的人，得拿出十片嫩榆葉，如果住在木排上，就改給一貝殼鮮水苔。

橫豎到處都是水，獵也不能打，地也不能種，只要還活著，所有的是閒工夫，來看的人倒也很不少。松樹下挨擠了三天，到處都發出嘆息的聲音，有的是佩服，有的是疲勞。但到第四天的正午，一個鄉下人終於說話了，這時那學者正在吃炒麵。

「人裡面，是有叫作阿禹的，」鄉下人說。「況且『禹』也不是蟲，這是我們鄉下人的簡筆字，老爺們都寫作『禺』⑫，是大猴子……」

「人有叫作大大猴子的嗎？……」學者跳起來了，連忙咽下沒有嚼爛的一口麵，鼻子紅到發紫，吆喝道。

「有的呀，連叫阿狗阿貓的也有。」

「鳥頭先生，您不要和他去辯論了，」拿拄杖的學者放下麵包，攔在中間，說。「鄉下人都是愚人。拿你的家譜來，」他又轉向鄉下人，大聲道，「我一定會發現你的上代都是愚人……」

「我就從來沒有過家譜……」

「呸，使我的研究不能精密，就是你們這些東西可惡！」

「不過這也用不著家譜，我的學說是不會錯的。」鳥頭先生更加憤憤的說。「先前，許多學者都寫信來贊成我的學說，那些信我都帶在這裡……」

「不不，那可應該查家譜……」

「但是我竟沒有家譜，」那「愚人」說。「現在又是這麼的人荒馬亂，交通不方便，要等您的朋友們來信贊成，當作證據，真也比螺獅殼裡做道場還難。證據就在眼前：您叫鳥頭先生，莫非真的是一個鳥兒的頭，並不是人嗎？」

「哼！」鳥頭先生氣憤到連耳輪都發紫了。「你竟這樣的侮辱我！說我不是人！我要和你到皋陶⑬大人那裡去法律解決！如果我真的不是人，我情願大辟——就是殺頭呀，你懂了沒有？要不然，你是應該反坐的。你等著罷，不要動，等我吃完了炒麵。」

「先生，」鄉下人麻木而平靜的回答道，「您是學者，總該知道現在已是午後，別人也要肚子餓的。可恨的是愚人的肚子卻和聰明人的一樣：也要餓。真是對不起得很，我要撈青苔去了，等您上了呈子之後，我再來投案罷。」於是他跳上木排，拿起網兜，撈著水草，泛泛的遠開去了。看客也漸漸的走散，鳥頭先生就紅著耳輪和重鼻尖重新吃炒麵，拿拄杖的學者在搖頭。

然而「禹」究竟是一條蟲，還是一個人呢，卻仍然是一個大疑問。

二

禹也真好像是一條蟲。

大半年過去了，奇肱國的飛車已經來過八回，讀過松樹身上的文字的木排居民，十個裡面有九個生了腳氣病，治水的新官卻還沒有消息。直到第十回飛車來過之後，這才傳來了新聞，說禹是確有這麼一個人的，正是鯀的兒子，也確是簡放⑭了水利大臣，三年之前，已從冀州啓節⑮，不久就要到這裡了。

大家略有一點興奮，但又很淡漠，不大相信，因爲這一類不甚可靠的傳聞，是誰都聽得耳朵起繭了的。

然而這一回卻又像消息很可靠，十多天之後，幾乎誰都說大臣的確要到了，因爲有人出去撈浮草，親眼看見過官船；他還指著頭上一塊烏青的疙瘩，說是爲了回避得太慢一點了，吃了一下官兵的飛石；這就是大臣確已到來的證據。這人從此就很有名，也很忙碌，大家都爭先恐後的來看他頭上的疙瘩，幾乎把木排踏沉；後來還經學者們召了他去，細心研究，決定了他的疙瘩確是真疙瘩，於是使鳥頭先生也不能再執成見，只好把考據學讓給別人，自己另去搜集民間的曲子了。

一大陣獨木大舟的到來，是在頭上打出疙瘩的大約二十多天之後，每隻船上，有二十名官兵打槳，三十名官兵持矛，前後都是旗幟；剛靠山頂，紳士們和學者們已在岸上列隊恭迎，過了大半天，這才從最大的船裡，有兩位中年的胖胖的大員出現，約略二十個穿虎皮的武士簇擁著，和迎接的人們一同到最高巔的石屋裡去了。

大家在水陸兩面，探頭探腦的悉心打聽，才明白原來那兩位只是考察的專員，卻並非禹自己。

大員坐在石屋的中央，吃過麵包，就開始考察。

「災情倒並不算重，糧食也還可敷衍，」一位學者們的代表，苗民言語學專家說。「麵包是每月會從半空中掉下來的；魚也不缺，雖然未免有些泥土氣，可是很肥，大人。至於那些下民，他們有的是榆葉和海苔；他們『飽食終日，無所用心』，——就是並不勞心，原只要吃這些就夠。我們也嘗過了，味道倒並不壞，特別得很……」

「況且，」別一位研究《神農本草》⑯的學者搶著說，「榆葉裡面是含有維他命W⑰的；海苔裡有碘質，可醫瘰癧病，兩樣都極合乎衛生。」

「ＯＫ！」又一個學者說。大員們瞪了他一眼。

「飲料呢，」那《神農本草》學者接下去道，「他們要多少有多少，一萬代也喝不完。可惜含一點黃土，飲用之前，應該蒸餾一下的。敝人指導過許多次了，然而他們冥頑不靈，絕對的不肯照辦，於是弄出數不清的病人來……」

「就是洪水，也還不是他們弄出來的嗎？」一位五綹長鬚，身穿醬色長袍的紳士又搶著說。「水還沒來的時候，他們懶著不肯填，洪水來了的時候，他們又懶著不肯𡱁……」

「是之謂失其性靈，」坐在後一排，八字鬍子的伏羲朝小品文學家笑道。「吾嘗登帕米爾之原，天風浩然，梅花開矣，白雲飛矣，金價漲矣，耗子眠矣，見一少年，口銜雪茄，面有蚩尤氏之霧……哈哈哈！沒有法子……」⑱

「ＯＫ！」

這樣的談了小半天。大員們都十分用心的聽著，臨末是叫他們合擬一個公呈，最好還有一種條陳，歷述著善後的方法。

於是大員們下船去了。第二天，說是因爲路上勞頓，不辦公，也不見客；第三天是學者們公請在最高峰上賞偃蓋古松，下半天又同往山背後釣黃鱔，一直玩到黃昏。第四天，說是因爲考察勞頓了，不辦公，也不見客；第五天的午後，就傳見下民的代表。

下民的代表，是四天以前就在開始推舉的，然而誰也不肯去，說是一向沒有見過官。於是大多數就推定了頭有疙瘩的那一個，以爲他曾有見過官的經驗。已經平復下去的疙瘩，這時忽然針刺似的痛起來了，他就哭著一口咬定：做代表，毋寧死！

大家把他圍起來，連日連夜的責以大義，說他不顧公益，是利己的個人主義者，將爲華夏所不容；激烈點的，甚至於捏起拳頭，伸在他的鼻子跟前，要他負這回的水災的責任。

他渴睡得要命，心想與其逼死在木排上，還不如冒險去做公益的犧牲，便下了絕大的決心，到第四天，答應了。

大家就都稱讚他，但幾個勇士，卻又有些妒忌。

就是這第五天的早晨，大家一早就把他拖起來，站在岸上聽呼喚。果然，大員們呼喚了。他兩腿立刻發抖，然而又立刻下了絕大的決心，決心之後，就又打了兩個大呵欠，腫著眼眶，自己覺得好像腳不點地，浮在空中似的走到官船上去了。

奇怪得很，持矛的官兵，虎皮的武士，都沒有打罵他，一直放進了中艙。艙裡鋪著熊皮，豹皮，還掛著幾副弩箭，擺著許多瓶罐，弄得他眼花撩亂。定神一看，才看見在上面，就是自己的對面，坐著兩位胖大的官員。什麼相貌，他不敢看清楚。

「你是百姓的代表嗎？」大員中的一個問道。

「他們叫我上來的。」他眼睛看著鋪在艙底上的豹皮的艾葉一般的花紋，回答說。

「你們怎麼樣？」

「……」他不懂意思，沒有答。

「你們過得還好麼？」

「託大人的鴻福，還好……」他又想了一想，低低的說道，「敷敷衍衍……混混……」

「吃的呢？」

「有，葉子呀，水苔呀……」

「都還吃得來嗎？」

「吃得來的。我們是什麼都弄慣了的，吃得來的。只有些小畜生還要嚷，人心在壞下去哩，媽的，我們就揍他。」

大人們笑起來了，有一個對別一個說道：「這傢伙倒老實。」

這傢伙一聽到稱讚，非常高興，膽子也大了，滔滔的講述道：

「我們總有法子想。比如水苔，頂好是做滑溜翡翠湯，榆葉就做一品當朝羹。剝樹皮不可剝光，要留下一道，那麼，明年春天樹枝梢還是長葉子，有收成。如果託大人的福，釣到了黃鱔……」

然而大人好像不大愛聽了，有一位也接連打了兩個大呵欠，打斷他的講演道：「你們還是合具一個公呈來罷，最好是還帶一個貢獻善後方法的條陳。」

「我們可是誰也不會寫……」他惴惴的說。

「你們不識字嗎？這真叫作不求上進！沒有法子，把你們吃的東西揀一份來就是！」

他又恐懼又高興的退了出來，摸一摸疙瘩疤，立刻把大人的吩咐傳給岸上，樹上和排上的居民，並且大聲叮囑道：「這是送到上頭去的啊！要做得乾淨，細緻，體面呀！……」

所有居民就同時忙碌起來，洗葉子，切樹皮，撈青苔，亂作一團。他自己是鋸木板，來做進呈的盒子。有兩片磨得特別光，連夜跑到山頂上請學者去寫字，一片是做盒子蓋的，求寫「壽山福海」，一片是給自己的木排上做扁額，以志榮幸的，求寫「老實堂」。但學者卻只肯寫了「壽山福海」的一塊。

三

當兩位大員回到京都的時候，別的考察員也大抵陸續回來了，只有禹還在外。他們在家裡休息了幾天，水利局的同事們就在局裡大排筵宴，替他們接風，份子分福祿壽三種，最少也得出五十枚大貝殼⑲。

這一天真是車水馬龍，不到黃昏時候，主客就全都到齊了，院子裡卻已經點起庭燎⑳來，鼎中的牛肉香，一直透到門外虎賁㉑的鼻子跟前，大家就一齊嚥口水。酒過三巡，大員們就講了一些水鄉沿途的風景，蘆花似雪，泥水如金，黃鱔膏腴，青苔滑溜……等等。微醺之後，才取出大家採集了來的民食來，都裝著細巧的木匣子，蓋上寫著文字，有的是伏羲八卦體㉒，有的是倉頡鬼哭體㉓，大家就先來賞鑒這些字，爭論得幾乎打架之後，才決定以寫著「國泰民安」的一塊爲第一，因爲不但文字質樸難識，有上古淳厚之風，而且立言也很得體，可以宣付史館的。

評定了中國特有的藝術之後，文化問題總算告一段落，於是來考察盒子的內容了：大家一致稱讚著餅樣的精巧。

然而大約酒也喝得太多了，便議論紛紛：有的咬一口松皮餅，極口嘆賞它的清香，說自己明天就要掛冠歸隱㉔，去享這樣的清福；咬了柏葉糕的，卻道質粗味苦，傷了他的舌頭，要這樣與下民共患難，可見爲君難，爲臣亦不易。有幾個又撲上去，想搶下他們咬過的糕餅來，說不久就要開展覽會募捐，這些都得去陳列，咬得太多是很不雅觀的。

局外面也起了一陣喧嚷。一群乞丐似的大漢，面目黧黑，衣服破舊，竟衝破了斷絕交通的界線，闖到局裡來了。衛兵們大喝一聲，連忙左右交叉了明晃晃的戈，擋住他們的去路。

「什麼？——看明白！」當頭是一條瘦長的莽漢，粗手粗腳的，怔了一下，大聲說。

衛兵們在昏黃中定睛一看，就恭恭敬敬的立正，舉戈，放他們進去了，只攔住了氣喘吁吁的從後面追來的一個身穿深藍土布袍子，手抱孩子的婦女。

「怎麼？你們不認識我了嗎？」她用拳頭揩著額上的汗，詫異的問。

「禹太太，我們怎會不認識您家呢？」

「那麼，爲什麼不放我進去的？」

「禹太太，這個年頭兒，不大好，從今年起，要端風俗而正人心，男女有別了。現在那一個衙門裡也不放娘兒們進去，不但這裡，不但您。這是上頭的命令，怪不著我們的。」

禹太太呆了一會，就把雙眉一揚，一面回轉身，一面嚷叫道：

「這殺千刀的！奔什麼喪！走過自家的門口，看也不進來看一下㉕，就奔你的喪！做官做官，做官有什麼好處，仔細像你的老子，做到充軍，還掉在池子裡變大忘八㉖！這沒良心的殺千刀，……」

這時候，局裡的大廳上也早發生了擾亂。大家一望見一群莽漢們奔來，紛紛都想躲避，但看不見耀眼的兵器，就又硬著頭皮，定睛去看。奔來的也臨近了，頭一個雖然面貌黑瘦，但從神情上，也就認識他正是禹；其餘的自然是他的隨員。

這一嚇，把大家的酒意都嚇退了，沙沙的一陣衣裳聲，立刻都退在下面。禹便一逕跨到席上，在上面坐下，大約是大模大樣，或者生了鶴膝風㉗罷，並不屈膝而坐，卻伸開了兩腳，把大腳底對著大員們，又不穿襪子，滿腳底都是栗子一般的老繭。隨員們就分坐在他的左右。

「大人是今天回京的？」一位大膽的屬員，膝行而前了一點，恭敬的問。

「你們坐近一點來！」禹不答他的詢問，只對大家說。「查的怎麼樣？」

大員們一面膝行而前，一面面面相覷，列坐在殘筵的下面，看見咬過的松皮餅和啃光的牛骨頭。非常不自在——卻又不敢叫膳夫來收去。

「稟大人，」一位大員終於說。「倒還像個樣子——印象甚佳。松皮水草，出產不少；飲料呢，那可豐富得很。百姓都很老實，他們是過慣了的。稟大人，他們都是以善於吃苦，馳名世界的人們。」

「卑職可是已經擬好了募捐的計劃，」又一位大員說。「準備開一個奇異食品展覽會，另請女隗㉘小姐來做時裝表演。只賣票，並且聲明會裡不再募捐，那麼，來看的可以多一點。」

「這很好。」禹說著，向他彎一彎腰。

「不過第一要緊的是趕快派一批大木筏去，把學者們接上高原來。」第三位大員說，「一面派人去通知奇肱國，使他們知道我們的尊崇文化，接濟也只要每月送到這邊來就好。學者們有一個公呈在這裡，說的倒也很有意思，他們以為文化是一國的命脈，學者是文化的靈魂，只要文化存在，華夏也就存在，別的一切，倒還在其次……」

「他們以為華夏的人口太多了，」第一位大員道，「減少一些倒也是致太平之道。況且那些不過是愚民，那喜怒哀樂，也決沒有智者所推想的那麼精微的。知人論事，第一要憑主觀。例如莎士比亞㉙……」

「放他媽的屁！」禹心裡想，但嘴上卻大聲的說道：「我經過查考，知道先前的方法：『湮』㉚，確是錯誤了。以後應該用『導』！不知道諸位的意見怎麼樣？」

靜得好像墳山；大員們的臉上也顯出死色，許多人還覺得自己生了病，明天恐怕要請病假了。

「這是蚩尤的法子！」一個勇敢的青年官員悄悄的憤激著。

「卑職的愚見，竊以爲大人是似乎應該收回成命的。」一位白鬚白髮的大員，這時覺得天下興亡，繫在他的嘴上了，便把心一橫，置死生於度外，堅決的抗議道：「湮是老大人的成法。『三年無改于父之道，可謂孝矣。』㉛——老大人升天還不到三年。」

禹一聲也不響。

「況且老大人花過多少心力呢。借了上帝的息壤㉜，來湮洪水，雖然觸了上帝的惱怒，洪水的深度可也淺了一點了。這似乎還是照例的治下去。」另一位花白鬚髮的大員說，他是禹的母舅的乾兒子。

禹一聲也不響。

「我看大人還不如『幹父之蠱』㉝，」一位胖大官員看得禹不作聲，以爲他就要折服了，便帶些輕薄的大聲說，不過臉上還流出著一層油汗。「照著家法，挽回家聲。大人大約未必知道人們在怎麼講說老大人罷……」

「要而言之，『湮』是世界上已有定評的好法子，」白鬚髮的老官恐怕胖子鬧出岔子來，就搶著說道。「別的種種，所謂『摩登』㉞者也，昔者蚩尤氏就壞在這一點上。」

禹微微一笑：「我知道的。有人說我的爸爸變了黃熊，也有人說他變了三足鱉㉟，也有人說我在求名，圖利。說就是了。我要說的是我查了山澤的情形，徵了百姓的意見，已經看透實情，打定主意，無論如何，非『導』不可！這些同事，也都和我同意的。」

他舉手向兩旁一指。白鬚髮的，花鬚髮的，小白臉的，胖而流著油汗的，胖而不流油汗的官員們，跟著他的指頭看過去，只見一排黑瘦的乞丐似的東西，不動，不言，不笑，像鐵鑄的一樣。

四

禹爺走後，時光也過得真快，不知不覺間，京師的景況日見其繁盛了。首先是闊人們有些穿了繭綢袍，後來就看見大水果鋪裡賣著橘子和柚子，大綢緞店裡掛著華絲葛；富翁的筵席上有了好醬油，清燉魚翅，涼拌海參；再後來他們竟有熊皮褥子狐皮褂，那太太也戴上赤金耳環銀手鐲了。

只要站在大門口，也總有什麼新鮮的物事看：今天來一車竹箭，明天來一批松板，有時抬過了做假山的怪石，有時提過了做魚生的鮮魚；有時是一大群一尺二寸長的大烏龜，都縮了頭裝著竹籠，載在車子上，拉向皇城那面去。

「媽媽，你瞧呀，好大的烏龜！」孩子們一看見，就嚷起來，跑上去，圍住了車子。

「小鬼，快滾開！這是萬歲爺的寶貝，當心殺頭！」

然而關於禹爺的新聞，也和珍寶的入京一同多起來了。百姓的檐前，路旁的樹下，大家都在談他的故事；最多的是他怎樣夜裡化爲黃熊㊱，用嘴和爪子，一拱一拱的疏通了九河，以及怎樣請了天兵天將，捉住興風作浪的妖怪無支祁，鎮在龜山的腳下㊲。皇上舜爺的事情，可是誰也不再提起了，至多，也不過談談丹朱太子㊳的沒出息。

禹要回京的消息，原已傳布得很久了，每天總有一群人站在關口，看可有他的儀仗的到來。並沒有。然而消息卻愈傳愈緊，也好像愈真。

一個半陰半晴的上午，他終於在百姓們的萬頭攢動之間，進了冀州的帝都了。前面並沒有儀仗，不過一大批乞丐似的隨員。臨末是一個粗手粗腳的大漢，黑臉黃鬚，腿彎微曲，雙手捧著一片烏黑的尖頂的大石頭——舜爺所賜的「玄圭」㊴，連聲說道「借光，借光，讓一讓，讓一讓」，從人叢中擠進皇宮裡去了。

百姓們就在宮門外歡呼，議論，聲音正好像浙水的濤聲㊵一樣。

舜爺坐在龍位上，原已有了年紀，不免覺得疲勞，這時又似乎有些驚駭。禹一到，就連忙客氣的站起來，行過禮，臯陶先去應酬了幾句，舜才說道：

「你也講幾句好話我聽呀。」

「哼，我有什麼說呢？」禹簡潔的回答道。「我就是想，每天孳孳！」

「什麼叫作『孳孳』？」臯陶問。

「洪水滔天，」禹說，「浩浩懷山襄陵，下民都浸在水裡。我走旱路坐車，走水路坐船，走泥路坐橇，走山路坐轎。到一座山，砍一通樹，和益倆給大家有飯吃，有肉吃。放田水入川，放川水入海，和稷倆給大家有難得的東西吃。東西不夠，就調有餘，補不足。搬家。大家這才靜下來了，各地方成了個樣子。」

「對啦對啦，這些話可真好！」臯陶稱讚道。

「唉！」禹說。「做皇帝要小心，安靜。對天有良心，天才會仍舊給你好處！」

舜爺嘆一口氣，就託他管理國家大事，有意見當面講，不要背後說壞話。看見禹都答應了，又嘆一口氣，道：「莫像丹朱的不聽話，只喜歡遊蕩，旱地上要撐船，在家裡又搗亂，弄得過不了日子，這我可真看的不順眼！」

「我討過老婆，四天就走，」禹回答說。「生了阿啓，也不當他兒子看。所以能夠治了水，分作五圈，簡直有五千里，計十二州，直到海邊，立了五個頭領，都很好。只是有苗可不行，你得留心點！」

「我的天下，真是全仗的你的功勞弄好的！」舜爺也稱讚道。

於是臯陶也和舜爺一同肅然起敬，低了頭；退朝之後，他就趕緊下一道特別的命令，叫百姓都要學禹的行爲，倘不然，立刻就算是犯了罪。

這使商家首先起了大恐慌。但幸而禹爺自從回京以後，態度也改變一點了：吃喝不考究，但做起祭祀和法事來，是闊綽的；衣服很隨便，但上朝和拜客時候的穿著，是要漂亮的。所以市面仍舊不很受影響，不多久，商人們就又說禹爺的行爲真該學，臯爺的新法令也很不錯；終於太平到連百獸都會跳舞，鳳凰也飛來湊熱鬧了㊶。

一九三五年十一月作

注釋

①本篇在收入本書之前，沒有在報刊上發表過。

②「湯湯洪水方割，浩浩懷山襄陵」　語出《尙書·堯典》：「湯湯洪水方割，蕩蕩懷山襄陵，浩浩滔天。」漢代孔安國注：「割，害也。」「懷，包；襄，上也。」意思是說：洪水爲害，浩浩蕩蕩地包圍著山並且淹上了部分的丘陵。

③舜　我國古代傳說中的帝王。號有虞氏，通稱虞舜。相傳堯時洪水氾濫，舜繼位後，命禹治水，才將水患平息。

④關於鯀治水的故事，《史記·夏本紀》中有如下記載：「當帝堯之時，鴻水滔天，浩浩懷山襄陵，下民其憂。堯求能治水者；群臣四岳皆曰鯀可。……於是堯聽四

岳，用鯀治水。九年而水不息，功用不成。於是帝堯乃求人，更得舜。舜登用，攝行天子之政，巡狩，行視鯀之治水無狀，乃殛鯀於羽山以死。天下皆以舜之誅爲是」。按「殛」通常解作「誅」的意思，但《尚書・舜典》孔穎達疏則以爲「流」、「放」、「竄」、「殛」「俱是流徙」；照這說法，則鯀是被流放到羽山後死在那裡的。

⑤**禹**　我國古代的治水英雄，夏朝的建立者。《史記・夏本紀》說禹「名曰文命」，在他的父親鯀被殛以後，奉命治水；「堯崩，帝舜問四岳曰：『有能成美堯之事（**按即治水之事**）者，使居官，』皆曰：『伯禹爲司空，可成美堯之功。』舜曰：『嗟，然！』命禹：『女（**汝**）平水土，維是勉之！』禹拜稽首，讓於契、后稷、皋陶。舜曰：『女其往視爾事矣！』」關於他治水事跡的傳說，在《尚書》、《孟子》及其他先秦古籍中多有記述。

⑥本篇作爲插曲所寫的聚集在「文化山」上的學者們的活動，是對一九三二年十月北平文教界江瀚、劉復、徐炳昶、馬衡等三十餘人向政府建議明定北平爲「文化城」一事的諷刺。那時日本帝國主義已經侵占我國東北，華北也正在危殆中；政府退出東北之後，又準備從華北撤退，已開始準備把可以賣錢的古文物從北平搬到南京。江瀚等想阻止古文物南移，可是他們竟以當時北平在政治和軍事上都沒有重要性爲

理由，提出請政府從北平撤除軍備，把它劃爲一個不設防的文化區域的極爲荒謬的主張。他們在意見書中說，北平有很多珍貴文物，它們都「是國家命脈，國民精神寄托之所在……是斷斷不可以犧牲的」。又說：「因爲北平有種種文化設備，所以全國各種學問的專門學者，大多薈萃在北平……一旦把北平所有種種文化設備都挪開，這些學者們當然不免要隨著星散。」要求「政府明定北平爲文化城，將一切軍事設備，挪往保定。」（見一九三二年十月六日北平《世界日報》）這實際上適應了日本帝國主義侵略的需要，同政府不抵抗政策的「理論」如出一轍。當時政府雖未公開定北平爲「文化城」，但後來終於拱手把它讓給了日本帝國主義，古文物的大部分則在一九三三年初分批運往南京。作者在「九一八」後至他逝世之間，曾寫過不少雜文揭露政府的不抵抗主義，對所謂「文化城」的主張也在當時的一篇雜文裡諷刺過（參看《僞自由書·崇實》）。本篇在「文化山」的插曲中所諷刺的就是江瀚等的呈文中所反映的那種荒謬言論，其中幾個所謂學者，是以當時文化界一些具有代表性的人物爲模型的。例如「一個拿拄杖的學者」，是暗指「優生學家」潘光旦。潘曾著有《明清兩代嘉興的望族》等書。又如鳥頭先生，是暗指考據學家顧頡剛，他曾據《說文解字》對「鯀」字和「禹」字的解釋，說鯀是魚，禹是蜥蜴之類的蟲（見《古史辨》第一冊六三、一一九頁）。「鳥頭」這名字即從「顧」字而來；據《說文解字》，顧字從頁雇聲，雇是鳥名，頁本義是頭。顧頡剛曾在北京大學研究所歌謠研究會工作，搜集蘇州歌謠，出版過一冊《吳歌甲集》，所以下文說鳥頭先生「另去搜集民間的曲子了」。

⑦**奇肱國**　見《山海經・海外西經》：「奇肱之國，在其北，其人一臂三目，有陰有陽，乘文馬。」郭璞注：「其人善爲機巧，以取百禽，能作飛車，從風遠行。」

⑧**古貌林**　英語Good morning的音譯，意爲「早安」。

⑨**好杜有圖**　英語How do you do的音譯，意爲「你好」。

⑩ＯＫ　美國式的英語：「對啦。」

⑪**太上皇**　指舜的父親瞽叟。《史記・五帝本紀》說：「虞舜者名曰重華；重華父曰瞽叟。……舜父瞽叟頑。」「頑」是愚妄無知的意思。《尚書・大禹謨》孔氏傳有舜「能以至誠感頑父」，使其「信順」的話。

⑫**「禺」**　《說文解字》：「禺，母猴屬。」清代段玉裁注引郭璞《山海經》注說：「禺似獼猴而大，赤目長尾。」據《說文》，「禹」字筆畫較「禺」字簡單，所以這裡說「禹」是「禺」的簡筆字。

⑬**皋陶**　傳說是舜的臣子。《尚書・舜典》：「帝曰：『皋陶，蠻夷猾夏，寇賊奸宄，汝作士。』」「士」，掌管獄訟的官。按一九二七年魯迅在廣州時，顧頡剛曾於七

月中由杭州致書魯迅，說魯迅在文字上侵害了他，「擬於九月中回粵後提起訴訟，聽候法律解決。」要魯迅「暫勿離粵，以俟開審。」魯迅當時答覆他：「請即就近在浙起訴，爾時僕必到杭，以負應負之責。」這裡鳥頭先生與鄉下人的對話，隱指此事。參看《三閑集・答顧頡剛教授令「候審」》。

⑭**簡放**　古代君主任命高級官員。簡指授官的簡冊。（在清代則稱由特旨任命道府以上外官為簡放。）

⑮**從冀州啟節**　《尚書・禹貢》敘「禹別九州」，首舉冀州。孔穎達疏：「冀州，堯所都也。諸州冀為其先，治水先從冀起。」又《史記・夏本紀》也說：「禹行自冀州始。」按冀州為古九州之一，約相當於現在的河北山西二省及河南山東黃河以北地區。堯都平陽（今山西臨汾），在冀州境內，故下文又說「冀州的帝都」。啓節，指舊時高級官員啓程、出發。節，古代使者及特派官員出行時所持的信物。

⑯**《神農本草》**　是我國最古的記載藥物的專書。其成書年代不可確考，當是秦漢間人託神農之名而作。

⑰**維他命W**　vitamin的音譯，現在通稱維生素。但並未發現維他命W。下文的瘰癧病，中醫病名，主要指頸部淋巴結核一類疾病；而因缺碘所致的甲狀腺腫大（俗稱大脖子）叫「癭」，不叫瘰癧。這裡是諷刺當時一些所謂學者的無知妄說。

⑱「伏羲朝小品文學家」的這段話，是對當時林語堂一派人提倡的所謂「語錄體」小品文的模擬；林語堂主張的所謂「語錄體」，用他自己的話來說，是「文言中不避俚語，白話中多放之乎」（見《論語》第三十期《答周劭論語錄體寫法》），基本上還是文言。這是一種變相的復古主義。其次，這段話中的「見一少年，口銜雪茄，面有蚩尤氏之霧」，是影射林語堂醜化進步青年的讕言（林語堂在他的《遊杭再記》中有「見有二青年，口裡含一枝蘇俄香煙，手裡夾一本什麼斯基的譯本」這樣的話）。蚩尤是傳說中我國九黎族的首領，相傳他和黃帝作戰時，施放大霧，後為黃帝所擒殺；由於民族偏見，舊日史書把他描寫成非常凶惡的怪物。因此，蚩尤的名字也常被過去統治階級用來形容他們所認為的「凶惡的人」。一九二六年，北洋軍閥吳佩孚為了「討赤」，曾經異想天開地拿蚩尤來比擬「赤化」，胡說：「草昧初開，部落時代，蚩尤肆虐，彼時無所謂法制，無所謂倫紀，殆與赤化無異」（見一九二六年七月十一日北京《晨報》）。他還說，查得蚩尤是「赤化」的始祖，因「蚩」和「赤」同音，「蚩尤」即「赤化之尤」云云。參看《華蓋集續編・馬上支日記》。

⑲貝殼　上古用貝殼為貨幣。

⑳庭燎　庭院中照明的火炬。《詩經・小雅・庭燎》孔穎達疏：「庭燎者，樹之於庭，

燎之爲明，是燭之大者。」

㉑**虎賁**　勇士，即下文所說的衛兵們。《尚書・牧誓》：「虎賁三百人。」孔穎達疏說，稱爲虎賁，是形容他們「若虎之賁（奔）走逐獸，言其猛也。」

㉒**伏羲八卦體**　伏羲，我國古代傳說中的帝王。相傳他曾畫八卦。《周易・繫辭傳》說：「古者包犧氏（即伏羲）之王天下也，仰則觀象於天，俯則觀法於地，觀鳥獸之文與地之宜，近取諸身，遠取諸物，於是始作八卦。」

㉓**倉頡鬼哭體**　倉頡，一作蒼頡，相傳他是黃帝的史官，最初創造文字的人。《淮南子・本經訓》中記有關於蒼頡的一種傳說：「昔者蒼頡作書而天雨粟，鬼夜哭。」

㉔**掛冠歸隱**　《後漢書・逢萌傳》載：王莽時逢萌爲了避禍，「即解冠掛東都城門」而去。後人因此稱辭官爲「掛冠」。

㉕禹過家門不入，見《孟子・滕文公》：「禹八年於外，三過其門而不入。」又《史記・夏本紀》：「（禹）勞身焦思，居外十三年，過家門不敢入。」

㉖**忘八**　烏龜的俗稱。古代傳說鯀死後化爲三足鱉。參看本篇注㉟。

㉗**鶴膝風**　中醫病名，結核性關節炎的一種。戰國時楚國人尸佼所著的《尸子》中記有禹生「偏枯之疾」的傳說：「（禹）疏河決江，十年未闞其家，手不爪，脛不毛，生偏枯之疾，步不相過。」

㉘**女隗**　《左傳》中狄人之女多姓隗，如叔隗、季隗等。又《史記・匈奴列傳》說：「匈奴，其先祖夏后氏（**夏禹**）之苗裔也。」匈奴就是春秋時的狄人。本篇中女隗這個人名，大概是根據這類記載而虛擬出來的。

㉙**莎士比亞**（W. Shakespeare,1564-1616）　歐洲文藝復興時期英國戲劇家、詩人。現代評論派陳西瀅、徐志摩等經常標榜只有他們懂得莎士比亞，如陳西瀅在一九二五年十月二十一日《晨報副刊》發表的《聽琴》中說：「不愛莎士比亞你就是傻子。」徐志摩在同月二十六日《晨報副刊》發表的《漢姆雷德與留學生》中說，「去過大英國」的留學生才能「講他的莎士比亞」，別人「不配插嘴」。稍後的「第三種人」杜衡在一九三四年六月《文藝風景》創刊號發表《莎劇凱撒傳裡所表現的群眾》一文，也借評莎士比亞來誣蔑人民群眾「沒有理性」，「沒有明確的利害觀念」等等。本篇中這個大員從「愚民」忽然拉扯到莎士比亞，是作者對陳、杜這類人的諷刺。

㉚「**湮**」　鯀用的治水方法。《尚書・洪范》：「我聞在昔，鯀陻洪水。」陻（**湮**），填塞。「導」是禹用的治水方法，《國語・周語》：「伯禹念前之非度，釐改制量，……高高下下，疏川導滯。」導，疏通。

㉛孔丘的話，見《論語・學而》。

㉜息壤　傳說中一種能夠自己生長，永不耗減的土壤。《山海經·海內經》：「洪水滔天，鯀竊帝之息壤以湮洪水，不待帝命；帝令祝融殺鯀於羽郊。」郭璞注：「息壤者，言土自長息無限，故可以塞洪水也。」

㉝「幹父之蠱」　語見《周易·蠱》初六：「幹父之蠱，有子，考無咎。」三國時魏國王弼注：「幹父之事，能承先軌，堪其任者也。」後稱兒子能完成父親所未竟的事業，因而掩蓋了父親的過錯爲「幹蠱」。

㉞「摩登」　英語modern的音譯，原意爲現代，這裡是時髦的意思。

㉟這是古代關於鯀的一種傳說。《左傳》昭公七年：「昔堯殛鯀於羽山，其神化爲黃熊，以入於羽淵。」唐代陸德明《釋文》：「黃熊，音雄，獸名。亦作能，如字，一音奴來反，三足鱉也。」能，一寫作熊。《史記·夏本紀》唐代張守節《正義》說：「鯀之羽山，化爲黃熊，入於羽淵。熊，音乃來反，下三點爲三足也。束晰《發蒙記》云：『鱉三足曰熊』。」

㊱禹化爲熊的傳說，見清代馬驌《繹史》卷十二引《隨巢子》：「（禹）治洪水，通轘轅山，化爲熊。」按隨巢子，戰國時墨翟弟子，著《隨巢子》六篇，清代馬國翰《玉函山房輯佚書》內有輯文一卷。

㊲禹捉無支祁的傳說，見唐代李公佐《古岳瀆經》：「禹理水，三至桐柏山，驚風走

雷，石號木鳴，五伯擁川，天老肅兵，不能興。禹怒，召集百靈，搜命夔龍。桐柏千君長稽首請命。……乃獲准渦水神，名無支祁，善應對言語，辨江淮之淺深，原隰之遠近。形若猿猴，縮鼻高額，青軀白首，金目雪牙。頸伸百尺，力踰九象，搏擊騰踔疾奔，輕利倏忽，聞視不可久。……頸鎖大索，鼻穿金鈴，徙淮陰之龜山之足下。俾淮水永安流注海也。」（據魯迅輯《唐宋傳奇集》卷三）

㊳「丹朱太子」　堯的兒子。古書中都說他「不肖」（品德不像他的父親），所以堯不把天下傳給他而傳給舜。

㊴「玄圭」　見《尚書・禹貢》：「禹錫玄圭，告厥成功。」又《史記・夏本紀》：「帝錫禹玄圭，以告成功於天下。」圭，古代諸侯大夫在朝會和祭祀時所執的一種長條尖頂的玉器。玄，黑色。

㊵浙水的濤聲　浙水，即錢塘江，漲潮時濤聲很大。

㊶關於禹同舜和皋陶談話的情形，《史記・夏本紀》有如下的一段記載：「帝舜謂禹曰：『女（汝）亦昌言。』禹拜曰：『於！予何言？予思日孳孳！』皋陶難禹曰：『何謂孳孳？』禹曰：『鴻水滔天，浩浩懷山襄陵，下民皆服於水。予陸行乘車，水行乘舟，泥行乘橇，山行乘檋，行山栞木，與益予眾庶稻鮮食；以決九川致四海，浚畎澮致之川，與稷予眾庶難得之食；食少，調有餘補不足，徙居。眾民乃

定，萬國爲治。皋陶曰：『然，此而美也！』禹曰：『於！帝慎乃在位，安爾止，輔德，天下大應。清意以昭待上帝命，天其重命用休！』帝曰：『吁！臣哉，臣哉！臣作朕股肱耳目，予欲左右有民，女輔之。……女無面諛，退而謗予。……』禹曰：『然……。』帝曰：『毋若丹朱傲，維慢游是好，毋水行舟，朋淫於家，用絕其世，予不能順是。』禹曰：『予辛壬娶涂山，癸甲（按應作予娶涂山，辛壬癸甲），生啓，予不子，以故能成水土功，輔成五服，至於五千里，州十二師，外薄四海，咸建五長，各道有功。苗頑不即功，帝其念哉！』帝曰：『道吾德，乃女功序之也！』皋陶於是敬禹之德，令民皆則禹。不如言，刑從之。舜德大明。於是夔行樂，祖考至，群後相讓，鳥獸翔舞，簫韶九成，鳳凰來儀，百獸率舞，百官信諧。」又關於禹的吃喝和衣服，《論語・泰伯》記有孔丘的話：「子曰：『禹，吾無間然矣。菲飲食而致孝乎鬼神，惡衣服而致美乎黻冕，卑宮室而盡力乎溝洫。』」

採薇①

一

這半年來，不知怎的連養老堂裡也不大平靜了，一部分的老頭子，也都交頭接耳，跑進跑出的很起勁。只有伯夷②最不留心閒事，秋涼到了，他又老的很怕冷，就整天的坐在階沿上晒太陽，縱使聽到匆忙的腳步聲，也決不抬起頭來看。

「大哥！」

一聽聲音自然就知道是叔齊。伯夷是向來最講禮讓的，便在抬頭之前，先站起身，把手一擺，意思是請兄弟在階沿上坐下。

「大哥，時局好像不大好！」叔齊一面并排坐下去，一面氣喘吁吁的說，聲音有些發抖。

「怎麼了呀？」伯夷這才轉過臉去看，只見叔齊的原是蒼白的臉色，好像更加蒼白了。

「您聽到過從商王③那裡，逃來兩個瞎子的事了罷。」

「唔，前幾天，散宜生④好像提起過。我沒有留心。」

「我今天去拜訪過了。一個是太師疵，一個是少師強，還帶來許多樂器⑤。聽說前幾時還開過一個展覽會，參觀者都『嘖嘖稱美』，——不過好像這邊就要動兵了。」

「為了樂器動兵，是不合先王之道的。」伯夷慢吞吞的說。

「也不單爲了樂器。您不早聽到過商王無道，砍早上渡河不怕水冷的人的腳骨，看看他的骨髓，挖出比干王爺的心來，看它可有七竅嗎？⑥先前還是傳聞，瞎子一到，可就證實了。況且還切切實實的證明了商王的變亂舊章。變亂舊章，原是應該征伐的。不過我想，以下犯上，究竟也不合先王之道……」

「近來的烙餅，一天一天的小下去了，看來確也像要出事情，」伯夷想了一想，說。「但我看你還是少出門，少說話，仍舊每天練你的太極拳的好！」

「是……」叔齊是很悌的，應了半聲。

「你想想看，」伯夷知道他心裡其實並不服氣，便接著說。「我們是客人，因爲西伯肯養老⑦，待在這裡的。烙餅小下去了，固然不該說什麼，就是事情鬧起來了，也不該說什麼的。」

「那麼，我們可就成了爲養老而養老了。」

「最好是少說話。我也沒有力氣來聽這些事。」

伯夷咳了起來，叔齊也不再開口。咳嗽一止，萬籟寂然，秋末的夕陽，照著兩部白鬍子，都在閃閃的發亮。

二

然而這不平靜，卻總是滋長起來，烙餅不但小下去，粉也粗起來了。養老堂的人們更加交頭接耳，外面只聽得車馬行走聲，叔齊更加喜歡出門，雖然回來也不說什麼話，但那不安的神色，卻惹得伯夷也很難閒適了：他似乎覺得這碗平穩飯快要吃不穩。

十一月下旬，叔齊照例一早起了床，要練太極拳，但他走到院子裡，聽了一聽，卻開開堂門，跑出去了。約摸有烙十張餅的時候，這才氣急敗壞的跑回來，鼻子凍得通紅，嘴裡一陣一陣的噴著白蒸氣。

「大哥！你起來！出兵了！」他恭敬的垂手站在伯夷的床前，大聲說，聲音有些比平常粗。

伯夷怕冷，很不願意這麼早就起身，但他是非常友愛的，看見兄弟著急，只好把牙齒一咬，坐了起來，披上皮袍，在被窩裡慢吞吞的穿褲子。

「我剛要練拳，」叔齊等著，一面說。「卻聽得外面有人馬走動，連忙跑到大路上去看時——果然，來了。首先是一乘白彩的大轎，總該有八十一人抬著罷，裡面一座木主，寫的是『大周文王之靈位』；後面跟的都是兵。我想：這一定是要去伐紂了。現在的周王是孝子，他要做大事，一定是把文王抬在前面的。看了一會，我就跑回來，不料我們養老堂的牆外就貼著告示……」

伯夷的衣服穿好了，弟兄倆走出屋子，就覺得一陣冷氣，趕緊縮緊了身子。伯夷向來不大

走動，一出大門，很看得有些新鮮。不幾步，叔齊就伸手向牆上一指，可真的貼著一張大告示：⑧

「照得今殷王紂，乃用其婦人之言，自絕於天，毀壞其三正，離遏其王父母弟。乃斷棄其先祖之樂；乃爲淫聲，用變亂正聲，怡說婦人。故今予發，維共行天罰。勉哉夫子，不可再，不可三！此示。」

兩人看完之後，都不作聲，逕向大路走去。只見路邊都擠滿了民眾，站得水泄不通。兩人在後面說一聲「借光」，民眾回頭一看，見是兩位白鬚老者，便照文王敬老的上諭，趕忙閃開，讓他們走到前面。

這時打頭的木主早已望不見了，走過去的都是一排一排的甲士，約有烙三百五十二張大餅的工夫，這才見別有許多兵丁，肩著九旒雲罕旗⑨，彷佛五色雲一樣。接著又是甲士，後面一大隊騎著高頭大馬的文武官員，簇擁著一位王爺，紫糖色臉，絡腮鬍子，左捏黃斧頭，右拿白牛尾，威風凜凜：這正是「恭行天罰」的周王發⑩。

大路兩旁的民眾，個個肅然起敬，沒有人動一下，沒有人響一聲。在百靜中，不提防叔齊卻拖著伯夷直撲上去，鑽過幾個馬頭，拉住了周王的馬嚼子，直著脖子嚷起來道：

「老子死了不葬，倒來動兵，說得上『孝』嗎？臣子想要殺主子，說得上『仁』嗎？……」

開初，是路旁的民衆，駕前的武將，都嚇得呆了；連周王手裡的白牛尾巴也歪了過去。但叔齊剛說了四句話，卻就聽得一片嘩啷聲響，有好幾把大刀從他們的頭上砍下來。

「且住！」

誰都知道這是姜太公⑪的聲音，豈敢不聽，便連忙停了刀，看著這也是白鬚白髮，然而胖得圓圓的臉。

「義士呢。放他們去罷！」

武將們立刻把刀收回，插在腰帶上。一面是走上四個甲士來，恭敬的向伯夷和叔齊立正，舉手，之後就兩個挾一個，開正步向路旁走過去。民衆們也趕緊讓開道，放他們走到自己的背後去。

到得背後，甲士們便又恭敬的立正，放了手，用力在他們倆的脊梁上一推。兩人只叫得一聲「阿呀」，踉踉蹌蹌的顛了周尺一丈⑫路遠近，這才撲通的倒在地面上。叔齊還好，用手支著，只印了一臉泥；伯夷究竟比較的有了年紀，腦袋又恰巧磕在石頭上，便暈過去了。

三

大軍過去之後，什麼也不再望得見，大家便換了方向，把躺著的伯夷和坐著的叔齊圍起來。有幾個是認識他們的，當場告訴人們，說這原是遼西的孤竹君的兩位世子，因爲讓位，這才一同逃到這裡，進了先王所設的養老堂。這報告引得眾人連聲讚嘆，幾個人便蹲下身子，歪著頭去看叔齊的臉，幾個人回家去燒薑湯，幾個人去通知養老堂，叫他們快抬門板來接了。

大約過了烙好一百零三四張大餅的工夫，現狀並無變化，看客也漸漸的走散；又好久，才有兩個老頭子抬著一扇門板，一拐一拐的走來，板上面還鋪著一層稻草：這還是文王定下來的敬老的老規矩。板在地上一放，啌嚨一聲，震得伯夷突然張開了眼睛：他甦醒了。叔齊驚喜的發一聲喊，幫那兩個人一同輕輕的把伯夷扛上門板，抬向養老堂裡去；自己是在旁邊跟定，扶住了掛著門板的麻繩。

走了六七十步路，聽得遠遠地有人在叫喊：

「您哪！等一下，薑湯來哩！」望去是一位年輕的太太，手裡端著一個瓦罐子，向這面跑來了，大約怕薑湯潑出罷，她跑得不很快。

大家只得停住，等候她的到來。叔齊謝了她的好意。她看見伯夷已經自己醒來了，似乎很有些失望，但想了一想，就勸他仍舊喝下去，可以暖暖胃。然而伯夷怕辣，一定不肯喝。

「這怎麼辦好呢？還是八年陳的老薑熬的呀。別人家還拿不出這樣的東西來呢。我們的家裡又沒有愛吃辣的人……」她顯然有點不高興。

叔齊只得接了瓦罐，做好做歹的硬勸伯夷喝了一口半，餘下的還很多，便說自己也正在胃氣痛，統統喝掉了。眼圈通紅的，恭敬的誇讚了薑湯的力量，謝了那太太的好意之後，這才解決了這一場大糾紛。

他們回到養老堂裡，倒也並沒有什麼餘病，到第三天，伯夷就能夠起床了，雖然前額上腫著一大塊——然而胃口壞。

官民們都不肯給他們超然，時時送來些攪擾他們的消息，或者是官報，或者是新聞。十二月底，就聽說大軍已經渡了盟津，諸侯無一不到⑬。不久也送了武王的《太誓》的抄本來。

這是特別抄給養老堂看的，怕他們眼睛花，每個字都寫得有核桃一般大。不過伯夷還是懶得看，只聽叔齊朗誦了一遍，別的倒也並沒有什麼，但是「自棄其先祖肆祀不答，昏棄其家國……」⑭這幾句，斷章取義，卻好像很傷了自己的心。

傳說也不少：有的說，周師到了牧野，和紂王的兵大戰，殺得他們屍横遍野，血流成河，連木棍也浮起來，彷佛水上的草梗一樣⑮；有的卻道紂王的兵雖然有七十萬，其實並沒有戰，一望見姜太公帶著大軍前來，便回轉身，反替武王開路了⑯。

這兩種傳說，固然略有些不同，但打了勝仗，卻似乎確實的。此後又時時聽到運來了鹿台的寶貝，巨橋的白米⑰，就更加證明了得勝的確實。傷兵也陸陸續續的回來了，又好像還是打過大仗似的。凡是能夠勉強走動的傷兵，大抵在茶館，酒店，理髮鋪，以及人家的檐前或門口閒坐，講述戰爭的故事，無論那裡，總有一群人眉飛色舞的在聽他。春天到了，露天下也不再覺得怎麼涼，往往到夜裡還講得很起勁。

伯夷和叔齊都消化不良，每頓總是吃不完應得的烙餅；睡覺還照先前一樣，天一暗就上床，然而總是睡不著。

伯夷只在翻來覆去，叔齊聽了，又煩躁，又心酸，這時候，他常是重行起來，穿好衣服，到院子裡去走走，或者練一套太極拳。

有一夜，是有星無月的夜。大家都睡得靜靜的了，門口卻還有人在談天。叔齊是向來不偷聽人家談話的，這一回可不知怎的，竟停了腳步，同時也側著耳朵。

「媽的紂王，一敗，就奔上鹿台去了，」說話的大約是回來的傷兵。「媽的，他堆好寶貝，自己坐在中央，就點起火來。」

「阿唷，這可多麼可惜呀！」這分明是管門人的聲音。

「不慌！只燒死了自己，寶貝可沒有燒哩。咱們大王就帶著諸侯，進了商國。他們的百姓都在郊外迎接，大王叫大人們招呼他們道：『納福呀！』他們就都磕頭。一直進去，但見門上都貼著兩個大字道：『順民』。大王的車子一徑逕向鹿台，找到紂王自尋短見的處所，射了三箭……」

「為什麼呀？怕他沒有死嗎？」別一人問道。

「誰知道呢。可是射了三箭，又拔出輕劍來，一砍，這才拿了黃斧頭，嚓！砍下他的腦袋來，掛在大白旗上。」

叔齊吃了一驚。

「之後就去找紂王的兩個小老婆。哼，早已統統吊死了。大王就又射了三箭，拔出劍來，一砍，這才拿了黑斧頭，割下她們的腦袋，掛在小白旗上。⑱這麼一來……」

「那兩個姨太太真的漂亮嗎？」管門人打斷了他的話。

「知不清。旗桿子高，看的人又多，我那時金創還很疼，沒有擠近去看。」

「他們說那一個叫作妲己⑲的是狐狸精，只有兩隻腳變不成人樣，便用布條子裹起來：真的？」

「誰知道呢。我也沒有看見她的腳。可是那邊的娘兒們卻真有許多把腳弄得好像豬蹄子的。」

叔齊是正經人，一聽到他們從皇帝的頭，談到女人的腳上去了，便雙眉一皺，連忙掩住耳朵，返身跑進房裡去。

伯夷也還沒有睡著，輕輕的問道：

「你又去練拳了嗎？」

叔齊不回答，慢慢的走過去，坐在伯夷的床沿上，彎下腰，告訴了他剛才聽來的一些話。這之後，兩人都沈默了許多時，終於是叔齊很困難的嘆一口氣，悄悄的說道：

「不料竟全改了文王的規矩……你瞧罷，不但不孝，也不仁……這樣看來，這裡的飯是吃不得了。」

「那麼，怎麼好呢？」伯夷問。

「我看還是走……」

於是兩人商量了幾句，就決定明天一早離開這養老堂，不再吃周家的大餅；東西是什麼也不帶。兄弟倆一同走到華山去，吃些野果和樹葉來送自己的殘年。況且「天道無親，常與善人」⑳，或者竟會有蒼朮和茯苓之類也說不定。

打定主意之後，心地倒十分輕鬆了。叔齊重復解衣躺下，不多久，就聽到伯夷講夢話；自己也覺得很有興致，而且彷彿聞到茯苓的清香，接著也就在這茯苓的清香中，沈沈睡去了。

四

第二天，兄弟倆都比平常醒得早，梳洗完畢，毫不帶什麼東西，其實也並無東西可帶，只有一件老羊皮長袍捨不得，仍舊穿在身上，拿了拄杖，和留下的烙餅，推稱散步，一逕走出養老堂的大門；心裡想，從此要長別了，便似乎還不免有些留戀似的，回過頭來看了幾眼。

街道上行人還不多；所遇見的不過是睡眼惺忪的女人，在井邊打水。將近郊外，太陽已經高升，走路的也多起來了，雖然大抵昂著頭，得意洋洋的，但一看見他們，卻還是照例的讓路。

樹木也多起來了，不知名的落葉樹上，已經吐著新芽，一望好像灰綠的輕煙，其間夾著松柏，在朦朧中仍然顯得很蒼翠。

滿眼是闊大，自由，好看，伯夷和叔齊覺得彷彿年輕起來，腳步輕鬆，心裡也很舒暢了。

到第二天的午後，迎面遇見了幾條岔路，他們決不定走那一條路近，便撿了一個對面走來的老頭子，很和氣的去問他。

「阿呀，可惜，」那老頭子說。「您要是早一點，跟先前過去的那隊馬跑就好了。現在可只得先走這條路。前面岔路還多，再問罷。」

叔齊就記得了正午時分，他們的確遇見過幾個廢兵，趕著一大批打老馬，瘦馬，跛腳馬，癩皮馬，從背後衝上來，幾乎把他們踏死，這時就趁便問那老人，這些馬是趕去做什麼的。

「您還不知道嗎？」那人答道。「我們大王已經『恭行天罰』，用不著再來興師動眾，所以把馬放到華山腳下去的。這就是『歸馬於華山之陽』呀，您懂了沒有？我們還在『放牛於桃林之野』㉑哩！吓，這回可真是大家要吃太平飯了。」

然而這竟是兜頭一桶冷水，使兩個人同時打了一個寒噤，但仍然不動聲色，謝過老人，向著他所指示的路前行。無奈這「歸馬於華山之陽」，竟踏壞了他們的夢境，使兩個人的心裡，從此都有些七上八下起來。

心裡忐忑，嘴裡不說，仍是走，到得傍晚，臨近了一座並不很高的黃土岡，上面有一些樹林，幾間土屋，他們便在途中議定，到這裡去借宿。

離土岡腳還有十幾步，林子裡便竄出五個彪形大漢來，頭包白布，身穿破衣，為首的拿一把大刀，另外四個都是木棍。一到岡下，便一字排開，攔住去路，一同恭敬的點頭，大聲吆喝道：

「老先生，您好哇！」

他們倆都嚇得倒退了幾步，伯夷竟發起抖來，還是叔齊能幹，索性走上前，問他們是什麼人，有什麼事。

「小人就是華山大王小窮奇㉒，」那拿刀的說，「帶了兄弟們在這裡，要請您老賞一點買路錢！」

「我們那裡有錢呢，大王。」叔齊很客氣的說。「我們是從養老堂裡出來的。」

「阿呀！」小窮奇吃了一驚，立刻肅然起敬，「那麼，您兩位一定是『天下之大老也』㉓了。小人們也遵先王遺教，非常敬老，所以要請您老留下一點紀念品……」他看見叔齊沒有回答，便將大刀一揮，提高了聲音道：「如果您老還要謙讓，那可小人們只好恭行天搜，瞻仰一下您老的貴體了！」

伯夷叔齊立刻擎起了兩隻手；一個拿木棍的就來解開他們的皮袍，棉襖，小衫，細細搜檢了一遍。

「兩個窮光蛋，真的什麼也沒有！」他滿臉顯出失望的顏色，轉過頭去，對小窮奇說。

小窮奇看出了伯夷在發抖，便上前去，恭敬的拍拍他肩膀，說道：

「老先生，請您不要怕。海派會『剝豬玀』㉔，我們是文明人，不幹這玩意兒的。什麼紀念品也沒有，只好算我們自己晦氣。現在您只要滾您的蛋就是了！」

伯夷沒有話好回答，連衣服也來不及穿好，和叔齊邁開大步，眼看著地，向前便跑。這時五個人都已經站在旁邊，讓出路來了。看見他們在面前走過，便恭敬的垂下雙手，同聲問道：

「您走了？您不喝茶了麼？」

「不喝了，不喝了……」伯夷和叔齊且走且說，一面不住的點著頭。

五

「歸馬於華山之陽」和華山大王小窮奇，都使兩位義士對華山害怕，於是重新商量，轉身向北，討著飯，曉行夜宿，終於到了首陽山㉕。

這確是一座好山。既不高，又不深，沒有大樹林，不愁虎狼，也不必防強盜；是理想的幽棲之所。兩人到山腳下一看，只見新葉嫩碧，土地金黃，野草裡開著些紅紅白白的小花，真是連看看也賞心悅目。他們就滿心高興，用拄杖點著山徑，一步一步的挨上去，找到上面突出一片石頭，好像岩洞的處所，坐了下來，一面擦著汗，一面喘著氣。

這時候，太陽已經西沉，倦鳥歸林，啾啾唧唧的叫著，沒有上山時候那麼清靜了，但他們倒覺得也還新鮮，有趣。

在鋪好羊皮袍，準備就睡之前，叔齊取出兩個大飯團，和伯夷吃了一飽。這是沿路討來的殘飯，因爲兩人曾經議定，「不食周粟」，只好進了首陽山之後開始實行，所以當晚把它吃完，從明天起，就要堅守主義，絕不通融了。

他們一早就被烏老鴉鬧醒，後來重又睡去，醒來卻已是上午時分。伯夷說腰痛腿酸，簡直站不起；叔齊只得獨自去走走，看可有可吃的東西。

他走了一些時，竟發現這山的不高不深，沒有虎狼盜賊，固然是其所長，然而因此也有了缺點：下面就是首陽村，所以不但常有砍柴的老人或女人，並且有進來玩耍的孩子，可吃的野果子之類，一顆也找不出，大約早被他們摘去了。

他自然就想到茯苓。但山上雖然有松樹，卻不是古松，都好像根上未必有茯苓；即使有，自己也不帶鋤頭，沒有法子想。接著又想到蒼朮，然而他只見過蒼朮的根，毫不知道那葉子的形狀，又不能把滿山的草都拔起來看一看，即使蒼朮生在眼前，也不能認識。心裡一暴躁，滿臉發熱，就亂抓了一通頭皮。

但是他立刻平靜了，似乎有了主意，接著就走到松樹旁邊，摘了一衣兜的松針，又往溪邊尋了兩塊石頭，砸下松針外面的青皮，洗過，又細細的砸得好像麵餅，另尋一片很薄的石片，拿著回到石洞去了。

「三弟，有什麼撈兒㉖沒有？我是肚子餓的咕嚕咕嚕響了好半天了。」伯夷一望見他，就問。

「大哥，什麼也沒有。試試這玩意兒罷。」

他就近拾了兩塊石頭，支起石片來，放上松針面，聚些枯枝，在下面生了火。實在是許多工夫，才聽得濕的松針面有些吱吱作響，可也發出一點清香，引得他們倆嚥口水。叔齊高興得微笑起來了，這是姜太公做八十五歲生日的時候，他去拜壽，在壽筵上聽來的方法。

發香之後，就發泡，眼見它漸漸的乾下去，正是一塊糕。叔齊用皮袍袖子裹著手，把石片笑嘻嘻的端到伯夷的面前。伯夷一面吹，一面拗，終於拗下一角來，連忙塞進嘴裡去。

他愈嚼，就愈皺眉，直著脖子咽了幾咽，倒哇的一聲吐出來了，訴苦似的看著叔齊道：

「苦……粗……」

這時候，叔齊真好像落在深潭裡，什麼希望也沒有了。抖抖的也拗了一角，咀嚼起來，可真也毫沒有可吃的樣子：苦……粗……

叔齊一下子失了銳氣，坐倒了，垂了頭。然而還在想，掙扎的想，彷佛是在爬出一個深潭去。爬著爬著，只向前。終於似乎自己變了孩子，還是孤竹君的世子，坐在保母的膝上了。這保母是鄉下人，在和他講故事：黃帝打蚩尤，大禹捉无支祁，還有鄉下人荒年吃薇菜。

他又記得了自己問過薇菜的樣子，而且山上正見過這東西。他忽然覺得有了氣力，立刻站起身，跨進草叢，一路尋過去。

果然，這東西倒不算少，走不到一里路，就摘了半衣兜。

他還是在溪水裡洗了一洗，這才拿回來；還是用那烙過松針面的石片，來烤薇菜。葉子變成暗綠，熟了。但這回再不敢先去敬他的大哥了，撮起一株來，放在自己的嘴裡，閉著眼睛，只是嚼。

「怎麼樣？」伯夷焦急的問。

「鮮的！」

兩人就笑嘻嘻的來嘗烤薇菜；伯夷多吃了兩撮，因爲他是大哥。

他們從此天天採薇菜。先前是叔齊一個人去採，伯夷煮；後來伯夷覺得身體健壯了一些，也出去採了。做法也多起來：薇湯，薇羹，薇醬，清燉薇，原湯燜薇芽，生晒嫩薇葉……

然而近地的薇菜，卻漸漸的採完，雖然留著根，一時也很難生長，每天非走遠路不可了。搬了幾回家，後來還是一樣的結果。而且新住處也逐漸的難找了起來，因爲既要薇菜多，又要溪水近，這樣的便當之處，在首陽山上實在也不可多得的。叔齊怕伯夷年紀太大了，一不小心會中風，便竭力勸他安坐在家裡，仍舊單是擔任煮，讓自己獨自去採薇。

伯夷遜讓了一番之後，倒也應允了，從此就較爲安閑自在，然而首陽山上是有人跡的，他沒事做，脾氣又有些改變，從沉默成了多話，便不免和孩子去搭訕，和樵夫去扳談。

也許是因爲一時高興，或者有人叫他老乞丐的緣故罷，他竟說出了他們倆原是遼西的孤竹君的兒子，他老大，那一個是老三。父親在日原是說要傳位給老三的，一到死後，老三卻一定向他讓。他遵父命，省得麻煩，逃走了。不料老三也逃走了。兩人在路上遇見，便一同來找西伯——文王，進了養老堂。又不料現在的周王竟「以臣弑君」起來，所以只好不食周粟，逃上首陽山，吃野菜活命……等到叔齊知道，怪他多嘴的時候，已經傳播開去，沒法挽救了。但也不敢怎麼埋怨他；只在心裡想：父親不肯把位傳給他，可也不能不說很有些眼力。

叔齊的預料也並不錯：這結果壞得很，不但村裡時常講到他們的事，也常有特地上山來看他們的人。有的當他們名人，有的當他們怪物，有的當他們骨董。甚至於跟著看怎樣採，圍著看怎樣吃，指手畫腳，問長問短，令人頭昏。而且對付還須謙虛，倘使略不小心，皺一皺眉，就難免有人說是「發脾氣」。

不過輿論還是好的方面多。後來連小姐太太，也有幾個人來看了，回家去都搖頭，說是「不好看」，上了一個大當。

終於還引動了首陽村的第一等高人小丙君㉗。他原是妲己的舅公的乾女婿，做著祭酒㉘，因爲知道天命有歸，便帶著五十車行李和八百個奴婢，來投明主了。可惜已在會師盟津的前幾天，兵馬事忙，來不及好好的安插，便留下他四十車貨物和七百五十個奴婢，另外給予兩頃首陽山下的肥田，叫他在村裡研究八卦學。他也喜歡弄文學，村中都是文盲，不懂得文學概論，氣悶已久，便叫家丁打轎，找那兩個老頭子，談談文學去了；尤其是詩歌，因爲他也是詩人，已經做好一本詩集子。

然而談過之後，他一上轎就搖頭，回了家，竟至於很有些氣憤。他以爲那兩個傢伙是談不來詩歌的。第一、是窮：謀生之不暇，怎麼做得出好詩？第二、是「有所爲」，失了詩的「敦厚」㉙；第三、是有議論，失了詩的「溫柔」。尤其可議的是他們的品格，通體都是矛盾。於是他大義凜然的斬釘截鐵的說道：

「『普天之下，莫非王土』㉚，難道他們在吃的薇，不是我們聖上的嗎！」

這時候，伯夷和叔齊也在一天一天的瘦下去了。這並非爲了忙於應酬，因爲參觀者倒在逐漸的減少。所苦的是薇菜也已經逐漸的減少，每天要找一捧，總得費許多力，走許多路。

然而禍不單行。掉在井裡面的時候，上面偏又來了一塊大石頭。

有一天，他們倆正在吃烤薇菜，不容易找，所以這午餐已在下午了。忽然走來了一個二十來歲的女人，先前是沒有見過的，看她模樣，好像是闊人家裡的婢女。

「您吃飯嗎？」她問。

叔齊仰起臉來，連忙陪笑，點點頭。

「這是什麼玩意兒呀？」她又問。

「薇。」伯夷說。

「怎麼吃著這樣的玩意兒的呀？」

「因爲我們是不食周粟……」

伯夷剛剛說出口，叔齊趕緊使一個眼色，但那女人好像聰明得很，已經懂得了。她冷笑了一下，於是大義凜然的斬釘截鐵的說道：

「『普天之下，莫非王土』，你們在吃的薇，難道不是我們聖上的嗎！」㉛

伯夷和叔齊聽得清清楚楚，到了末一句，就好像一個大霹靂，震得他們發昏；待到清醒過來，那丫頭已經不見了。薇，自然是不吃，也吃不下去了，而且連看看也害羞，連要去搬開它，也抬不起手來，覺得彷彿有好幾百斤重。

六

樵夫偶然發現了伯夷和叔齊都縮做一團，死在山背後的石洞裡，是大約這之後的二十天。並沒有爛，雖然因爲瘦，但也可見死的並不久；老羊皮袍卻沒有墊著，不知道弄到那裡去了。這消息一傳到村子裡，又轟動了一大批來看的人，來來往往，一直鬧到夜。結果是有幾個多事的人，就地用黃土把他們埋起來，還商量立一塊石碑，刻上幾個字，給後來好做古蹟。

然而闔村裡沒有人能寫字，只好去求小丙君。

然而小丙君不肯寫。

「他們不配我來寫，」他說。「都是混蛋。跑到養老堂裡來，倒也罷了，可又不肯超然；跑到首陽山裡來，倒也罷了，可是還要做詩；做詩倒也罷了，可是還要發感慨，不肯安分守己，『爲藝術而藝術』。你瞧，這樣的詩，可是有永久性的：

上那西山呀採它的薇菜，

強盜來代強盜呀不知道這的不對。

神農虞夏一下子過去了，我又那裡去呢？

唉唉死罷，命裡注定的晦氣！

「你瞧，這是什麼話？溫柔敦厚的才是詩。他們的東西，卻不但『怨』，簡直『罵』了。沒有花，只有刺，尚且不可，何況只有罵。即使放開文學不談，他們撇下祖業，也不是什麼孝子，到這裡又譏訕朝政，更不像一個良民……我不寫！……」

文盲們不大懂得他的議論，但看見聲勢洶洶，知道一定是反對的意思，也只好作罷了。伯夷和叔齊的喪事，就這樣的算是告了一段落。

然而夏夜納涼的時候，有時還談起他們的事情來。有人說是老死的，有人說是病死的，有人說是給搶羊皮袍子的強盜殺死的。後來又有人說其實恐怕是故意餓死的，因爲他從小丙君府上的丫頭阿金姐㉜那裡聽來：這之前的十多天，她曾經上山去奚落他們了幾句，傻瓜總是脾氣大，大約就生氣了，絕了食撒賴，可是撒賴只落得一個自己死。於是許多人就非常佩服阿金姐，說她很聰明，但也有些人怪她太刻薄。

阿金姐卻並不以爲伯夷叔齊的死掉，是和她有關係的。自然，她上山去開了幾句玩笑，是事實，不過這僅僅是玩笑。那兩個傻瓜發脾氣，因此不吃薇菜了，也是事實，不過並沒有死，倒招來了很大的運氣。

「老天爺的心腸是頂好的，」她說。「他看見他們在撒賴，快要餓死了，就吩咐母鹿，用牠的奶去餵他們。您瞧，這不是頂好的福氣嗎？用不著種地，用不著砍柴，只要坐著，就天天有鹿奶自己送到你嘴裡來。可是賤骨頭不識抬舉，那老三，他叫什麼呀，得步進步，喝鹿奶還不夠了。他喝著鹿奶，心裡想，『這鹿有這麼胖，殺牠來吃，味道一定是不壞的。』一面就慢慢的伸開臂膊，要去拿石片。可不知道鹿是通靈的東西，牠已經知道了人的心思，立刻一溜煙逃走了。老天爺也討厭他們的貪嘴，叫母鹿從此不要去㉝。您瞧，他們還不只好餓死嗎？那裡是爲了我的話，倒是爲了自己的貪心，貪嘴呵！……」

聽到這故事的人們，臨末都深深的嘆一口氣，不知怎的，連自己的肩膀也覺得輕鬆不少了。即使有時還會想起伯夷叔齊來，但恍恍惚惚，好像看見他們蹲在石壁下，正在張開白鬍子的大口，拚命的吃鹿肉。

一九三五年十二月作

注釋

①本篇在收入本書之前，沒有在報刊上發表過。

②關於伯夷和叔齊，《史記·伯夷列傳》中有如下的記載：「伯夷、叔齊，孤竹君之二子也。父欲立叔齊，及父卒，叔齊讓伯夷。伯夷曰：『父命也。』遂逃去。叔齊亦不肯立而逃之。國人立其中子。於是伯夷、叔齊聞西伯昌善養老，盍往歸焉。及至，西伯卒。武王載木主，號爲文王，東伐紂。伯夷、叔齊叩馬而諫曰：『父死不葬，爰及干戈，可謂孝乎？以臣弒君，可謂仁乎？』左右欲兵之，太公曰：『此義人也。』扶而去之。武王已平殷亂，天下宗周，而伯夷、叔齊恥之，義不食周粟，隱於首陽山，采薇而食之。及餓且死，作歌，其辭曰：『登彼西山兮，采其薇矣。以暴易暴兮，不知其非矣。神農虞夏忽焉沒兮，我安適歸矣？于嗟徂兮，命之衰矣？』遂餓死於首陽山。」

③**商王**　指商紂，姓子名受，是商代最末的一個帝王。

④**散宜生**　周初功臣。商代末年往歸西伯（**周文王**），以後曾隨武王伐紂。

⑤關於太師疵和少師強，《史記·周本紀》載：「紂昏亂暴虐滋甚，殺王子比干，囚

箕子；太師疵、少師彊（強）抱其樂器而犇周。」太師、少師都是樂官名。據《周禮・春官》鄭玄注，凡擔任這種官職的，都是盲人。

⑥關於紂王砍腳、剖心的事，《尚書・泰誓》有如下記載：「今商王受……斮（斫）朝涉之脛，剖賢人之心。」《太平御覽》卷八十三引《帝王世紀》：「帝紂斮朝涉之脛而視其髓。」又《史記・殷本紀》也記有比干被剖心的事：「紂愈淫亂不止。……比干曰：『爲人臣者，不得不以死爭。』迺強諫紂。紂怒曰：『吾聞聖人心有七竅。』剖比干，觀其心。」

⑦**西伯肯養老**　西伯即周文王姬昌；商紂時爲西伯，死後謚爲文王。《史記》的《周本紀》和《伯夷列傳》都說「西伯善養老」。《周本紀》說他「篤仁、敬老、慈少」。

⑧**大告示**　《史記・周本紀》載武王率師渡過盟津以後，曾發布誓師辭，即所謂《太（泰）誓》。這裡的「告示」，除首尾「照得」「此示」數字外，都是《太誓》的原文。「毀壞其三正，離逷其王父母弟」，意思是毀壞了天、地、人的正道，拋棄他的祖輩和弟兄不用。

⑨**九旒雲罕旗**　《史記・周本紀》載武王克商後舉行祭社典禮，有「百夫荷罕旗以先驅」的記載；南朝宋裴駰《集解》說：「蔡邕《獨斷》曰：『前驅有九旒雲

罕。』」據《文選・東京賦》薛綜注，雲罕和九旒，都是旌旗的名稱。

⑩**周王發**　即周武王姬發，文王之子。《史記・周本紀》記有武王出兵的情形：「武王即位，太公望爲師，周公旦爲輔。……九年，武王上祭於畢，東觀兵，至於盟津，爲文王木主，載以車，中軍。武王自稱太子發，言奉文王以伐，不敢自專。……是時，諸侯不期而會盟津者，八百諸侯。諸侯皆曰：『紂可伐矣。』武王曰：『女（**汝**）未知天命，未可也。』乃還師歸。居二年，聞紂昏亂暴虐滋甚，……於是武王徧告諸侯曰：『殷有重罪，不可以不畢伐。』乃遵文王，遂率戎車三百乘，虎賁三千人，甲士四萬五千人，以東伐紂。」又以下記牧野誓師時情形，有「武王左杖黃鉞（**黃斧頭**），右秉白旄（**白牛尾**）」的句子。

⑪**姜太公**　即姜尙。《史記・齊世家》說文王在渭水之濱遇見姜尙：「與語大悅，曰：『自吾先君太公曰：「當有聖人適周，周以興。」子眞是邪？吾太公望子久矣！』故號之曰『太公望』。」文王死後，他佐武王滅紂，封於齊。

⑫**周尺一丈**　約當現在的七市尺。

⑬關於周師渡盟津，《史記・周本紀》載：「十一年十二月戊午，師畢渡盟津，諸侯咸會。」按盟津亦名孟津，在今河南孟縣南。武王伐紂，由陝西進入河南，在此渡過黃河，至朝歌近郊牧野，擊敗紂兵，便占領了紂的都城朝歌（**故城在今河南湯陰**

縣）。

⑭「自棄其先祖肆祀不答」等語，見《史記・周本紀》：「二月甲子昧爽，武王朝至於商郊牧野，乃誓。……王曰：『古人有言，「牝雞無晨。牝雞之晨，惟家之索。」今殷王紂維婦人言是用，自棄其先祖肆祀不答，昏棄其家國，遺其王父母弟不用。』」按小說中所說的《太誓》，應為《牧誓》；《尚書・牧誓》作：「昏棄厥肆祀弗答，昏棄厥遺王父母弟不迪。」

⑮關於牧野大戰的情況，《尚書・武成》中有如下的記載：「甲子昧爽，受率其旅若林，會於牧野。罔有敵於我師，前徒倒戈，攻於後以北，血流漂杵。」

⑯關於紂兵倒戈的事，《史記・周本紀》中有如下的記載：「帝紂聞武王來，亦發兵七十萬人距武王。武王使師尚父與百夫致師，以大卒馳帝紂師。紂師雖眾，皆無戰之心，心欲武王亟入。紂師皆倒兵以戰，以開武王。」

⑰鹿台和鉅橋，都是商紂的倉庫。前者貯藏珠玉錢帛，後者貯藏米穀。《史記・殷本紀》：「帝紂……厚賦稅以實鹿台之錢，而盈鉅橋之粟。」

⑱關於紂王自焚和武王入商等情形，《史記・周本紀》中有如下的記載：「紂走反入，登於鹿台之上，蒙衣其殊玉，自燔於火而死。武王持大白旗以麾諸侯，諸侯畢拜武王，武王乃揖諸侯，諸侯畢從；武王至商國，商國百姓咸待於郊，於是武王使

群臣告語商百姓曰：『上天降休！』商人皆再拜稽首，武王亦答拜。遂入，至紂死所，武王自射之，三發而後下車，以輕劍擊之，以黃鉞斬紂頭，縣大白之旗；已而至紂之嬖妾二女，二女皆經自殺。武王又射三發，擊以劍，斬以玄鉞，縣其頭小白之旗。」

⑲**妲己**　商紂的妃子。《史記・殷本紀》：「帝紂……好酒淫樂，嬖於婦人，愛妲己，妲己之言是從。」武王克商，「殺妲己。」又明代王三聘《古今事物考》卷六：「商妲己，狐精也，亦曰雉精，猶未變足，以帛裹之。」在長篇小說《封神演義》中也有類似的傳說。

⑳「天道無親，常與善人」　語見《老子》七十九章。又《史記・伯夷列傳》說：「或曰：『天道無親，常與善人。』若伯夷、叔齊，可謂善人者非耶？積仁絜行如此而餓死！……天之報施善人，其何如哉？」

㉑「歸馬於華山之陽」二語，見《尚書・武成》：武王克商後，「乃偃武修文，歸馬於華山之陽，放牛於桃林之野，示天下弗服。」

㉒**小窮奇**　窮奇，我國古代所謂「四凶」（渾沌、窮奇、檮杌、饕餮）之一。《左傳》文公十八年：「少昊氏有不才子……天下之民謂之窮奇。」小窮奇，當是作者由此虛擬的人名。

㉓「天下之大老也」　原是孟軻稱讚伯夷和姜尙的話，見《孟子・離婁》：「二老者，天下之大老也。」

㉔「剝豬玀」　舊時上海盜匪搶劫行人，剝奪衣服，稱爲「剝豬玀」。豬玀，江浙一帶方言，即豬。

㉕首陽山　據《史記・伯夷列傳》裴駰《集解》引後漢馬融說：「首陽山在河（黃河）東蒲坂，華山之北，河曲之中。」蒲坂故城在今山西永濟縣境。

㉖撈兒　也作落兒。北方方言，意爲物質收益。這裡指可吃的東西。

㉗小丙君　作者虛擬的人名。

㉘祭酒　古代饗宴時，先由一個年長的人以酒沃地祭神，故尊稱年高有德者爲祭酒。漢魏以後，用爲官名，如博士祭酒、國子祭酒等。

㉙「敦厚」「溫柔」　語出《禮記・經解》：「孔子曰：溫柔敦厚，詩教也。」據孔穎達疏說，所謂「溫柔敦厚」就是「依違諷諫，不指切事情」的意思；這一直成爲我國封建時代文學創作和批評的一種準則。

㉚「普天之下，莫非王土」　語見《詩經・小雅・北山》，「普」原作「溥」。

㉛關於伯夷、叔齊由於一個女人的話而最後餓死的事，蜀漢譙周《古史考》中記有如下的傳說：「伯夷、叔齊者，殷之末世，孤竹君之二子也。隱於首陽山，采薇而食

之。野有婦人謂之曰：『子義不食周粟，此亦周之草木也。』於是餓死。」（按《古史考》今不傳，這裡是根據清代章宗源輯本，在清代孫星衍所編《平津館叢書》中。）

㉜阿金姐　作者虛擬的人名。

㉝關於鹿奶的傳說，漢代劉向《列士傳》中有如下的記載：「伯夷，殷時遼東孤竹君之子也，與弟叔齊俱讓其位而歸於國。見武王伐紂，以爲不義，遂隱於首陽之山，不食周粟，以微（薇）菜爲糧。時有王糜子往難之曰：『雖不食我周粟，而食我周木，何也？』伯夷兄弟遂絕食，七日，天遣白鹿乳之。逕由數日，叔齊腹中私曰：『得此鹿完噉之，豈不快哉！於是鹿知其心，不復來下。伯夷兄弟，俱餓死也。」（按《列士傳》今不傳，這是從《琱玉集》卷十二所引轉錄。《琱玉集》，輯者不詳。宋代鄭樵《通志·藝文略》著錄二十卷，現存殘本二卷，在清代黎庶昌所編《古逸叢書》中。）

鑄劍①

一

眉間尺②剛和他的母親睡下，老鼠便出來咬鍋蓋，使他聽得發煩。他輕輕地叱了幾聲，最初還有些效驗，後來是簡直不理他了，格支格支地逕自咬。他又不敢大聲趕，怕驚醒了白天做得勞乏，晚上一躺就睡著了的母親。

許多時光之後，平靜了；他也想睡去。忽然，撲通一聲，驚得他又睜開眼。同時聽到沙沙地響，是爪子抓著瓦器的聲音。

「好！該死！」他想著，心裡非常高興，一面就輕輕地坐起來。

他跨下床，借著月光走向門背後，摸到鑽火傢伙，點上松明，向水甕裡一照。果然，一隻很大的老鼠落在那裡面了；但是，存水已經不多，爬不出來，只沿著水甕內壁，抓著，團團地轉圈子。

「活該！」他一想到夜夜咬家具，鬧得他不能安穩睡覺的便是牠們，很覺得暢快。他將松明插在土牆的小孔裡，賞玩著；然而那圓睜的小眼睛，又使他發生了憎恨，伸手抽出一根蘆柴，將牠直按到水底去。

過了一會，才放手，那老鼠也隨著浮了上來，還是抓著甕壁轉圈子。只是抓勁已經沒有先前似的有力，眼睛也淹在水裡面，單露出一點尖尖的通紅的小鼻子，咻咻地急促地喘氣。

他近來很有點不大喜歡紅鼻子的人。但這回見了這尖尖的小紅鼻子，卻忽然覺得牠可憐了，就又用那蘆柴，伸到牠的肚下去，老鼠抓著，歇了一回力，便沿著蘆幹爬了上來。待到他看見全身，——濕淋淋的黑毛，大的肚子，蚯蚓似的尾巴，——便又覺得可恨可憎得很，慌忙將蘆柴一抖，撲通一聲，老鼠又落在水甕裡，他接著就用蘆柴在牠頭上搗了幾下，叫牠趕快沉下去。

換了六回松明之後，那老鼠已經不能動彈，不過沉浮在水中間，有時還向水面微微一跳。眉間尺又覺得很可憐，隨即折斷蘆柴，好容易將牠夾了出來，放在地面上。老鼠先是絲毫不動，後來才有一點呼吸；又許多時，四隻腳運動了，一翻身，似乎要站起來逃走。這使眉間尺大吃一驚，不覺提起左腳，一腳踏下去。只聽得吱的一聲，他蹲下去仔細看時，只見口角上微有鮮血，大概是死掉了。

他又覺得很可憐，彷彿自己作了大惡似的，非常難受。他蹲著，呆看著，站不起來。

「尺兒，你在做什麼？」他的母親已經醒來了，在床上問。

「老鼠……。」他慌忙站起，回轉身去，卻只答了兩個字。

「是的，老鼠。這我知道。可是你在做什麼？殺牠呢，還是在救牠？」

他沒有回答。松明燒盡了；他默默地立在暗中，漸看見月光的皎潔。

「唉！」他的母親嘆息說，「一交子時③，你就是十六歲了，性情還是那樣，不冷不熱地，一點也不變。看來，你的父親的仇是沒有人報的了。」

他看見他的母親坐在灰白色的月影中，彷彿身體都在顫動；低微的聲音裡，含著無限的悲哀，使他冷得毛骨悚然，而一轉眼間，又覺得熱血在全身中忽然騰沸。

「父親的仇？父親有什麼仇呢？」他前進幾步，驚急地問。

「有的。還要你去報。我早想告訴你的了；只因為你太小，沒有說。現在你已經成人了，卻還是那樣的性情。這教我怎麼辦呢？你似的性情，能行大事的麼？」

「能。說罷，母親。我要改過……。」

「自然。我也只得說。你必須改過……。那麼，走過來罷。」

他走過去；他的母親端坐在床上，在暗白的月影裡，兩眼發出閃閃的光芒。

「聽哪！」她嚴肅地說，「你的父親原是一個鑄劍的名工，天下第一。他的工具，我早已都賣掉了來救了窮了，你已經看不見一點遺跡；但他是一個世上無二的鑄劍的名工。二十年前，王妃生下了一塊鐵④，聽說是抱了一回鐵柱之後受孕的，是一塊純青透明的鐵。大王知道是異寶，便決計用來鑄一把劍，想用它保國，用它殺敵，用它防身。不幸你的父親那時偏偏入了選，便將鐵捧回家裡來，日日夜夜地鍛煉，費了整三年的精神，煉成兩把劍。

「當最末次開爐的那一日，是怎樣地駭人的景象呵！嘩啦啦地騰上一道白氣的時候，地面也覺得動搖。那白氣到天半便變成白雲，罩住了這處所，漸漸現出緋紅顏色，映得一切都如桃花。我家的漆黑的爐子裡，是躺著通紅的兩把劍。你父親用井華水⑤慢慢地滴下去，那劍嘶嘶地吼著，慢慢轉成青色了。這樣地七日七夜，就看不見了劍，仔細看時，卻還在爐底裡，純青的，透明的，正像兩條冰。

「大歡喜的光采，便從你父親的眼睛裡四射出來；他取起劍，拂拭著，拂拭著。然而悲慘的皺紋，卻也從他的眉頭和嘴角出現了。他將那兩把劍分裝在兩個匣子裡。

「『你只要看這幾天的景象，就明白無論是誰，都知道劍已煉就的了。』他悄悄地對我說。『一到明天，我必須去獻給大王。但獻劍的一天，也就是我命盡的日子。怕我們從此要長別了。』

「『你……。』我很駭異，猜不透他的意思，不知怎麼說的好。我只是這樣地說：『你這回有了這麼大的功勞……。』

「『唉！你怎麼知道呢！』他說。『大王是向來善於猜疑，又極殘忍的。這回我給他煉成了世間無二的劍，他一定要殺掉我，免得我再去給別人煉劍，來和他匹敵，或者超過他。』

「我掉淚了。

「『你不要悲哀。這是無法逃避的。眼淚絕不能洗掉運命。我可是早已有準備在這裡了！』他的眼裡忽然發出電火似的光芒，將一個劍匣放在我膝上。『這是雄劍，』他說。『你收著。明天，我只將這雌劍獻給大王去。倘若我一去竟不回來了呢，那是我一定不再在人間了。你不是懷孕已經五六個月了麼？不要悲哀；待生了孩子，好好地撫養。一到成人之後，你便交給他這雄劍，教他砍在大王的頸子上，給我報仇！』」

「那天父親回來了沒有呢？」眉間尺趕緊問。

「沒有回來！」她冷靜地說。「我四處打聽，也杳無消息。後來聽得人說，第一個用血來飼你父親自己煉成的劍的人，就是他自己——你的父親。還怕他鬼魂作怪，將他的身首埋在前門和後苑了！」

眉間尺忽然全身都如燒著猛火，自己覺得每一支毛髮上都彷彿閃出火星來。他的雙拳，在暗中捏得格格地作響。

他的母親站起了，揭去床頭的木板，下床點了松明，到門背後取過一把鋤，交給眉間尺道：「掘下去！」

眉間尺心跳著，但很沉靜的一鋤一鋤輕輕地掘下去。掘出來的都是黃土，約到五尺多深，土色有些不同了，似乎是爛掉的材木。

「看罷！要小心！」他的母親說。

眉間尺伏在掘開的洞穴旁邊，伸手下去，謹慎小心地撮開爛樹，待到指尖一冷，有如觸著冰雪的時候，那純青透明的劍也出現了。他看清了劍靶，捏著，提了出來。

窗外的星月和屋裡的松明似乎都驟然失了光輝，惟有青光充塞宇內。那劍便溶在這青光中，看去好像一無所有。眉間尺凝神細視，這才彷彿看見長五尺餘，卻並不見得怎樣鋒利，劍口反而有些渾圓，正如一片韭葉。

「你從此要改變你的優柔的性情，用這劍報仇去！」他的母親說。

「我已經改變了我的優柔的性情，要用這劍報仇去！」

「但願如此。你穿了青衣，背上這劍，衣劍一色，誰也看不分明的。衣服我已經做在這裡，明天就上你的路去罷。不要記念我！」她向床後的破衣箱一指，說。

眉間尺取出新衣，試去一穿，長短正很合適。他便重行疊好，裹了劍，放在枕邊，沉靜地躺下。他覺得自己已經改變了優柔的性情；他決心要並無心事一般，倒頭便睡，清晨醒來，毫不改變常態，從容地去尋他不共戴天的仇讎。

但他醒著。他翻來覆去，總想坐起來。他聽到他母親的失望的輕輕的長嘆。他聽到最初的雞鳴；他知道已交子時，自己是上了十六歲了。

二

當眉間尺腫著眼眶，頭也不回的跨出門外，穿著青衣，背著青劍，邁開大步，逕奔城中的時候，東方還沒有露出陽光。杉樹林的每一片葉尖，都掛著露珠，其中隱藏著夜氣。但是，待到走到樹林的那一頭，露珠裡卻閃出各樣的光輝，漸漸幻成曉色了。遠望前面，便依稀看見灰黑色的城牆和雉堞⑥。

和挑蔥賣菜的一同混入城裡，街市上已經很熱鬧。男人們一排一排的呆站著；女人們也時時從門裡探出頭來。她們大半也腫著眼眶；蓬著頭；黃黃的臉，連脂粉也不及塗抹。

眉間尺預覺到將有巨變降臨，他們便都是焦躁而忍耐地等候著這巨變的。

他徑自向前走；一個孩子突然跑過來，幾乎碰著他背上的劍尖，使他嚇出了一身汗。轉出北方，離王宮不遠，人們就擠得密密層層，都伸著脖子。人叢中還有女人和孩子哭嚷的聲音。他怕那看不見的雄劍傷了人，不敢擠進去；然而人們卻又在背後擁上來。他只得宛轉地退避；面前只看見人們的背脊和伸長的脖子。

忽然，前面的人們都陸續跪倒了；遠遠地有兩匹馬並著跑過來。此後是拿著木棍，戈，刀，弓弩，旌旗的武人，走得滿路黃塵滾滾。又來了一輛四匹馬拉的大車，上面坐著一隊人，有的打鐘擊鼓，有的嘴上吹著不知道叫什麼名目的勞什子⑦。此後又是車，裡面的人都穿畫衣，不是老頭子，便是矮胖子，個個滿臉油汗。

接著又是一隊拿刀槍劍戟的騎士。跪著的人們便都伏下去了。這時眉間尺正看見一輛黃蓋的大車馳來，正中坐著一個畫衣的胖子，花白鬍子，小腦袋；腰間還依稀看見佩著和他背上一樣的青劍。

他不覺全身一冷，但立刻又灼熱起來，像是猛火焚燒著。他一面伸手向肩頭捏住劍柄，一面提起腳，便從伏著的人們的脖子的空處跨出去。

但他只走得五六步，就跌了一個倒栽蔥，因爲有人突然捏住了他的一隻腳。這一跌又正壓在一個乾癟臉的少年身上；他正怕劍尖傷了他，吃驚地起來看的時候，肋下就挨了很重的兩拳。他也不暇計較，再望路上，不但黃蓋車已經走過，連擁護的騎士也過去了一大陣了。

路旁的一切人們也都爬起來。乾癟臉的少年卻還扭住了眉間尺的衣領，不肯放手，說被他壓壞了貴重的丹田⑧，必須保險，倘若不到八十歲便死掉了，就得抵命。閒人們又即刻圍上來，呆看著，但誰也不開口；後來有人從旁笑罵了幾句，卻全是附和乾癟臉少年的。

眉間尺遇到了這樣的敵人，真是怒不得，笑不得，只覺得無聊，卻又脫身不得。這樣地經過了煮熟一鍋小米的時光，眉間尺早已焦躁得渾身發火，看的人卻仍不見減，還是津津有味似的。

前面的人圈子動搖了，擠進一個黑色的人來，黑鬚黑眼睛，瘦得如鐵。他並不言語，只向眉間尺冷冷地一笑，一面舉手輕輕地一撥乾癟臉少年的下巴，並且看定了他的臉。那少年也向他看了一會，不覺慢慢地鬆了手，溜走了；那人也就溜走了；看的人們也都無聊地走散。只有幾個人還來問眉間尺的年紀，住址，家裡可有姊姊。眉間尺都不理他們。

他向南走著；心裡想，城市中這麼熱鬧，容易誤傷，還不如在南門外等候他回來，給父親報仇罷，那地方是地曠人稀，實在很便於施展。這時滿城都議論著國王的遊山，儀仗、威嚴，自己得見國王的榮耀，以及俯伏得有怎麼低，應該採作國民的模範等等，很像蜜蜂的排衙⑨。直至將近南門，這才漸漸地冷靜。

他走出城外，坐在一株大桑樹下，取出兩個饅頭來充了飢；吃著的時候忽然記起母親來，不覺眼鼻一酸，然而此後倒也沒有什麼。周圍是一步一步地靜下去了，他至於很分明地聽到自己的呼吸。

天色愈暗，他也愈不安，盡目力望著前方，毫不見有國王回來的影子。上城賣菜的村人，一個個挑著空擔出城回家去了。

人跡絕了許久之後，忽然從城裡閃出那一個黑色的人來。

「走罷，眉間尺！國王在捉你了！」他說，聲音好像鴟鴞。

眉間尺渾身一顫，中了魔似的，立即跟著他走；後來是飛奔。他站定了喘息許多時，才明白已經到了杉樹林邊。後面遠處有銀白的條紋，是月亮已從那邊出現；前面卻僅有兩點燐火一般的那黑色人的眼光。

「你怎麼認識我？……」他極其惶駭地問。

「哈哈！我一向認識你。」那人的聲音說。「我知道你背著雄劍，要給你的父親報仇，我也知道你報不成。豈但報不成；今天已經有人告密，你的仇人早從東門還宮，下令捕拿你了。」

眉間尺不覺傷心起來。

「唉唉，母親的嘆息是無怪的。」他低聲說。

「但她只知道一半。她不知道我要給你報仇。」

「你麼？你肯給我報仇麼，義士？」

「啊，你不要用這稱呼來冤枉我。」

「那麼，你同情於我們孤兒寡婦？……」

「唉，孩子，你再不要提這些受了汙辱的名稱。」他嚴冷地說，「仗義，同情，那些東西，先前曾經乾淨過，現在卻都成了放鬼債的資本⑩。我的心裡全沒有你所謂的那些。我只不過要給你報仇！」

「好。但你怎麼給我報仇呢？」

「只要你給我兩件東西。」兩粒燐火下的聲音說。「那兩件麼？你聽著：一是你的劍，二是你的頭！」

眉間尺雖然覺得奇怪，有些狐疑，卻並不吃驚。他一時開不得口。

「你不要疑心我將騙取你的性命和寶貝。」暗中的聲音又嚴冷地說。「這事全由你。你信我，我便去；你不信，我便住。」

「但你爲什麼給我去報仇的呢？你認識我的父親麼？」

「我一向認識你的父親，也如一向認識你一樣。但我要報仇，卻並不爲此。聰明的孩子，告訴你罷。你還不知道麼，我怎麼地擅於報仇。你的就是我的；他也就是我。我的魂靈上是有這麼多的，人我所加的傷，我已經憎惡了我自己！」

暗中的聲音剛剛停止，眉間尺便舉手向肩頭抽取青色的劍，順手從後項窩向前一削，頭顱墜在地面的青苔上，一面將劍交給黑色人。

「呵呵！」他一手接劍，一手捏著頭髮，提起眉間尺的頭來，對著那熱的死掉的嘴唇，接吻兩次，並且冷冷地尖利地笑。

笑聲即刻散布在杉樹林中，深處隨著有一群燐火似的眼光閃動，倏忽臨近，聽到咻咻的餓狼的喘息。第一口撕盡了眉間尺的青衣，第二口便身體全都不見了，血痕也頃刻舔盡，只微微聽得咀嚼骨頭的聲音。

最先頭的一匹大狼就向黑色人撲過來。他用青劍一揮，狼頭便墜在地面的青苔上。別的狼們第一口撕盡了牠的皮，第二口便身體全都不見了，血痕也頃刻舔盡，只微微聽得咀嚼骨頭的聲音。

他已經掣起地上的青衣，包了眉間尺的頭，和青劍都背在背脊上，回轉身，在暗中向王城揚長地走去。

狼們站定了，聳著肩，伸出舌頭，咻咻地喘著，放著綠的眼光看他揚長地走。

他在暗中向王城揚長地走去，發出尖利的聲音唱著歌：

哈哈愛兮愛乎愛乎！
愛青劍兮一個仇人自屠。
伙頤連翩兮多少一夫。
一夫愛青劍兮嗚呼不孤。
頭換頭兮兩個仇人自屠。
一夫則無兮愛乎嗚呼！
愛乎嗚呼兮嗚呼阿呼，
阿呼嗚呼兮嗚呼嗚呼！⑪

三

遊山並不能使國王覺得有趣；加上了路上將有刺客的密報，更使他掃興而還。那夜他很生氣，說是連第九個妃子的頭髮，也沒有昨天那樣的黑得好看了。幸而她撒嬌坐在他的御膝上，特別扭了七十多回，這才使龍眉之間的皺紋漸漸地舒展。

午後，國王一起身，就又有些不高興，待到用過午膳，簡直現出怒容來。

「唉唉！無聊！」他打一個大呵欠之後，高聲說。

上自王后，下至弄臣，看見這情形，都不覺手足無措。白鬚老臣的講道，矮胖侏儒⑫的打諢，王是早已聽厭的了；近來便是走索，緣竿，拋丸，倒立，吞刀，吐火等等奇妙的把戲，也都看得毫無意味。他常常要發怒；一發怒，便按著青劍，總想尋點小錯處，殺掉幾個人。

偷空在宮外閑遊的兩個小宦官，剛剛回來，一看見宮裡面大家的愁苦的情形，便知道又是照例的禍事臨頭了，一個嚇得面如土色；一個卻像是大有把握一般，不慌不忙，跑到國王的面前，俯伏著，說道：

「奴才剛才訪得一個異人，很有異術，可以給大王解悶，因此特來奏聞。」

「什麼?!」王說。他的話是一向很短的。

「那是一個黑瘦的，乞丐似的男子。穿一身青衣，背著一個圓圓的青包裹；嘴裡唱著胡謅的歌。人問他。他說善於玩把戲，空前絕後，舉世無雙，人們從來就沒有看見過；一見之後，便即解煩釋悶，天下太平。但大家要他玩，他卻又不肯。說是第一須有一條金龍，第二須有一個金鼎。……」

「金龍？我是的。金鼎？我有。」

「奴才也正是這樣想。……」

「傳進來！」

話聲未絕，四個武士便跟著那小宦官疾趨而出。上自王后，下至弄臣，個個喜形於色。他們都願意這把戲玩得解愁釋悶，天下太平；即使玩不成，這回也有了那乞丐似的黑瘦男子來受禍，他們只要能挨到傳了進來的時候就好了。

並不要許多工夫，就望見六個人向金階趨進。先頭是宦官，後面是四個武士，中間夾著一個黑色人。待到近來時，那人的衣服卻是青的，鬚眉頭髮都黑；瘦得顴骨，眼圈骨，眉棱骨都高高地突出來。他恭敬地跪著俯伏下去時，果然看見背上有一個圓圓的小包袱，青色布，上面還畫上一些暗紅色的花紋。

「奏來！」王暴躁地說。他見他傢伙簡單，以爲他未必會玩什麼好把戲。

「臣名叫宴之敖者⑬；生長汶汶鄉⑭。少無職業；晚遇明師，教臣把戲，是一個孩子的頭。這把戲一個人玩不起來，必須在金龍之前，擺一個金鼎，注滿清水，用獸炭⑮煎熬。於是放下孩子的頭去。一到水沸，這頭便隨波上下，跳舞百端，且發妙音，歡喜歌唱。這歌舞爲一人所見，便解愁釋悶，爲萬民所見，便天下太平。」

「玩來！」王大聲命令說。

並不要許多工夫，一個煮牛的大金鼎便擺在殿外，注滿水，下面堆了獸炭，點起火來。那黑色人站在旁邊，見炭火一紅，便解下包袱，打開，兩手捧出孩子的頭來，高高舉起。那頭是秀眉長眼，皓齒紅唇；臉帶笑容；頭髮蓬鬆，正如青煙一陣。黑色人捧著向四面轉了一圈，便伸手擎到鼎上，動著嘴唇說了幾句不知什麼話，隨即將手一鬆，只聽得撲通一聲，墜入水中去了。水花同時濺起，足有五尺多高，此後是一切平靜。

許多工夫，還無動靜。國王首先暴躁起來，接著是王后和妃子，大臣，宦官們也都有些焦急，矮胖的侏儒們則已經開始冷笑了。王一見他們的冷笑，便覺自己受愚，回顧武士，想命令他們就將那欺君的莠民擲入牛鼎裡去煮殺。

但同時就聽得水沸聲；炭火也正旺，映著那黑色人變成紅黑，如鐵的燒到微紅。王剛又回過臉來，他也已經伸起兩手向天，眼光向著無物，舞蹈著，忽地發出尖利的聲音唱起歌來：

哈哈愛兮愛乎愛乎！
愛兮血兮兮誰乎獨無。
民萌冥行兮一夫葫蘆。
彼用百頭顱，千頭顱兮用萬頭顱！
我用一頭顱兮而無萬夫。

愛一頭顱兮血乎嗚呼！
血乎嗚呼兮嗚呼阿呼，
阿呼嗚呼兮嗚呼嗚呼！

隨著歌聲，水就從鼎口湧起，上尖下廣，像一座小山，但自水尖至鼎底，不住地回旋運動。那頭即隨水上上下下，轉著圈子，一面又滴溜溜自己翻觔斗，人們還可以隱約看見他玩得高興的笑容。

過了些時，突然變了逆水的游泳，打旋子夾著穿梭，激得水花向四面飛濺，滿庭灑下一陣熱雨來。一個侏儒忽然叫了一聲，用手摸著自己的鼻子。他不幸被熱水燙了一下，又不耐痛，終於免不得出聲叫苦了。

黑色人的歌聲才停，那頭也就在水中央停住，面向王殿，顏色轉成端莊。這樣的有十餘瞬息之久，才慢慢地上下抖動；從抖動加速而爲起伏的游泳，但不很快，態度很雍容。繞著水邊一高一低地游了三匝，忽然睜大眼睛，漆黑的眼珠顯得格外精采，同時也開口唱起歌來：

王澤流兮浩洋洋；
克服怨敵，怨敵克服兮，赫兮強！

宇宙有窮止兮萬壽無疆。
幸我來也兮青其光！
青其光兮永不相忘。
異處異處兮堂哉皇！
堂哉皇哉兮嗳嗳唷，
嗟來歸來，嗟來陪來兮青其光！

頭忽然升到水的尖端停住；翻了幾個觔斗之後，上下升降起來，眼珠向著左右瞥視，十分秀媚，嘴裡仍然唱著歌：

阿呼嗚呼兮嗚呼嗚呼，
愛乎嗚呼兮嗚呼阿呼！
血一頭顱兮愛乎嗚呼。
我用一頭顱兮而無萬夫！
彼用百頭顱，千頭顱……

唱到這裡，是沉下去的時候，但不再浮上來了；歌詞也不能辨別。湧起的水，也隨著歌聲的微弱，漸漸低落，像退潮一般，終至到鼎口以下，在遠處什麼也看不見。

「怎了？」等了一會，王不耐煩地問。

「大王，」那黑色人半跪著說。「他正在鼎底裡作最神奇的團圓舞，不臨近是看不見的。臣也沒有法術使他上來，因爲作團圓舞必須在鼎底裡。」

王站起身，跨下金階，冒著炎熱立在鼎邊，探頭去看。只見水平如鏡，那頭仰面躺在水中間，兩眼正看著他的臉。待到王的眼光射到他臉上時，他便嫣然一笑。這一笑使王覺得似曾相識，卻又一時記不起是誰來。剛在驚疑，黑色人已經掣出了背著的青色的劍，只一揮，閃電般從後項窩直劈下去，撲通一聲，王的頭就落在鼎裡了。

仇人相見，本來格外眼明，況且是相逢狹路。王頭剛到水面，眉間尺的頭便迎上來，狠命在他耳輪上咬了一口。鼎水即刻沸湧，澎湃有聲；兩頭即在水中死戰。約有二十回合，王頭受了五個傷，眉間尺的頭上卻有七處。王又狡猾，總是設法繞到他的敵人的後面去。眉間尺偶一疏忽，終於被他咬住了後項窩，無法轉身。這一回王的頭可是咬定不放了，他只是連連蠶食進去；連鼎外面也彷彿聽到孩子的失聲叫痛的聲音。

上自王后，下至弄臣，駭得凝結著的神色也應聲活動起來，似乎感到暗無天日的悲哀，皮膚上都一粒一粒地起粟；然而又夾著秘密的歡喜，瞪了眼，像是等候著什麼似的。

黑色人也彷彿有些驚慌，但是面不改色。他從從容容地伸開那捏著看不見的青劍的臂膊，如一段枯枝；伸長頸子，如在細看鼎底。臂膊忽然一彎，青劍便驀地從他後面劈下，劍到頭落，墜入鼎中，淜的一聲，雪白的水花向著空中同時四射。

他的頭一入水，即刻直奔王頭，一口咬住了王的鼻子，幾乎要咬下來。王忍不住叫一聲「啊唷」，將嘴一張，眉間尺的頭就乘機掙脫了，一轉臉倒將王的下巴下死勁咬住。他們不但都不放，還用全力上下一撕，撕得王頭再也合不上嘴。於是他們就如餓雞啄米一般，一頓亂咬，咬得王頭眼歪鼻塌，滿臉鱗傷。先前還會在鼎裡面四處亂滾，後來只能躺著呻吟，到底是一聲不響，只有出氣，沒有進氣了。

黑色人和眉間尺的頭也慢慢地住了嘴，離開王頭，沿鼎壁游了一匝，看他可是裝死還是真死。待到知道了王頭確已斷氣，便四目相視，微微一笑，隨即闔上眼睛，仰面向天，沉到水底裡去了。

四

煙消火滅；水波不興。特別的寂靜倒使殿上殿下的人們警醒。他們中的一個首先叫了一聲，大家也立刻迭連驚叫起來；一個邁開腿向金鼎走去，大家便爭先恐後地擁上去了。有擠在後面的，只能從人脖子的空隙間向裡面窺探。

熱氣還炙得人臉上發燒。鼎裡的水卻一平如鏡，上面浮著一層油，照出許多人臉孔：王后、王妃、武士，老臣，侏儒，太監。……

「啊呀，天哪！咱們大王的頭還在裡面哪，唷唷唷！」第六個妃子忽然發狂似的哭嚷起來。

上自王后，下至弄臣，也都恍然大悟，倉皇散開，急得手足無措，各自轉了四五個圈子。一個最有謀略的老臣獨又上前，伸手向鼎邊一摸，然而渾身一抖，立刻縮了回來，伸出兩個指頭，放在口邊吹個不住。

大家定了定神，便在殿門外商議打撈辦法。約略費去了煮熟三鍋小米的工夫，總算得到一種結果，是：到大廚房去調集了鐵絲勺子，命武士協力撈起來。

器具不久就調集了，鐵絲勺，漏勺，金盤，擦桌布，都放在鼎旁邊。武士們便揎起衣袖，有用鐵絲勺的，有用漏勺的，一齊恭行打撈。有勺子相觸的聲音，有勺子刮著金鼎的聲音；水是隨著勺子的攪動而旋繞著。

好一會，一個武士的臉色忽而很端莊了，極小心地兩手慢慢舉起了勺子，水滴從勺孔中珠子一般漏下，勺裡面便顯出雪白的頭骨來。大家驚叫了一聲；他便將頭骨倒在金盤裡。

「啊呀！我的大王呀！」王后，妃子，老臣，以至太監之類，都放聲哭起來。但不久就陸續停止了，因爲武士又撈起了一個同樣的頭骨。

他們淚眼模糊地四顧，只見武士們滿臉油汗，還在打撈。此後撈出來的是一團糟的白頭髮和黑頭髮；還有幾勺很短的東西，似乎是白鬍鬚和黑鬍鬚。此後又是一個頭骨。此後是三枝簪。

直到鼎裡面只剩下清湯，才始住手；將撈出的物件分盛了三金盤：一盤頭骨，一盤鬚髮，一盤簪。

「咱們大王只有一個頭。那一個是咱們大王的呢？」第九個妃子焦急地問。

「是呵……。」老臣們都面面相覷。

「如果皮肉沒有煮爛，那就容易辨別了。」一個侏儒跪著說。

大家只得平心靜氣，去細看那頭骨，但是黑白大小，都差不多，連那孩子的頭，也無從分辨。

王后說王的右額上有一個疤，是做太子時候跌傷的，怕骨上也有痕跡。果然，侏儒在一個頭骨上發見了；大家正在歡喜的時候，另外的一個侏儒卻又在較黃的頭骨的右額上看出相仿的瘢痕來。

「我有法子。」第三個王妃得意地說，「咱們大王的隆準⑯是很高的。」

太監們即刻動手研究鼻準骨，有一個確也似乎比較地高，但究竟相差無幾；最可惜的是右額上卻並無跌傷的瘢痕。

「況且，」老臣們向太監說，「大王的後枕骨是這麼尖的麼？」

「奴才們向來就沒有留心看過大王的後枕骨……。」

王后和妃子們也各自回想起來，有的說是尖的，有的說是平的。叫梳頭太監來問的時候，卻一句話也不說。

當夜便開了一個王公大臣會議，想決定那一個是王的頭，但結果還同白天一樣。並且連鬚髮也發生了問題。白的自然是王的，然而因為花白，所以黑的也很難處置。討論了小半夜，只將幾根紅色的鬍子選出；接著因為第九個王妃抗議，說她確曾看見王有幾根通黃的鬍子，現在怎麼能知道決沒有一根紅的呢。於是也只好重行歸併，作為疑案了。

到後半夜，還是毫無結果。大家卻居然一面打呵欠，一面繼續討論，直到第二次雞鳴，這才決定了一個最慎重妥善的辦法，是：只能將三個頭骨都和王的身體放在金棺裡落葬。

七天之後是落葬的日期，全城很熱鬧。城裡的人民，遠處的人民，都奔來瞻仰國王的「大出喪」。天一亮，道上已經擠滿了男男女女；中間還夾著許多祭桌。

待到上午，清道的騎士才緩轡而來。又過了不少工夫，才看見儀仗，什麼旌旗，木棍，戈戟，弓弩，黃鉞之類；此後是四輛鼓吹車。再後面是黃蓋隨著路的不平而起伏著，並且漸漸近來了，於是現出靈車，上載金棺，棺裡面藏著三個頭和一個身體。

百姓都跪下去，祭桌便一列一列地在人叢中出現。幾個義民很忠憤，咽著淚，怕那兩個大逆不道的逆賊的魂靈，此時也和王一同享受祭禮，然而也無法可施。

此後是王后和許多王妃的車。百姓看她們，她們也看百姓，但哭著。此後是大臣，太監，侏儒等輩，都裝著哀戚的顏色。只是百姓已經不看他們，連行列也擠得亂七八糟，不成樣子了。

一九二六年十月作⑰

注釋

①本篇最初發表於一九二七年四月二十五日、五月十日《莽原》半月刊第二卷第八、九期，原題爲《眉間尺》。一九三二年編入《自選集》時改爲現名。

②眉間尺復仇的傳說，在相傳爲魏曹丕所著的《列異傳》中有如下的記載：「干將莫邪爲楚王作劍，三年而成。劍有雄雌，天下名器也，乃以雌劍獻君，藏其雄者。謂其妻曰：『吾藏劍在南山之陰，北山之陽；松生石上，劍在其中矣。君若覺，殺我；爾生男，以告之。』及至君覺，殺干將。妻後生男，名赤鼻，告之。赤鼻斫南山之松，不得劍；忽於屋柱中得之。楚王夢一人，眉廣三寸，辭欲報仇。購求甚

急，乃逃朱興山中。遇客，欲爲之報；乃刎首，將以奉楚王。客令鑊煮之，頭三日三夜跳不爛。王往觀之，客以雄劍倚擬王，王頭墮鑊中；客又自刎。三頭悉爛，不可分別，分葬之，名曰三王冢。」（據魯迅輯《古小說鉤沉》本）又晉代干寶《搜神記》卷十一也有內容大致相同的記載，而敘述較爲細緻，如眉間尺山中遇客一段說：「（楚）王夢見一兒，眉間廣尺，言欲報仇，王即購之千金。兒聞之，亡去，入山行歌。客有逢者，謂子年少，何哭之甚悲耶？曰：『吾干將莫邪子也。楚王殺我父，吾欲報之。』客曰：『聞王購子頭千金，將子頭與劍來，爲子報之。』兒曰：『幸甚！』即自刎，兩手捧頭及劍奉之，立僵。客曰：『不負子也。』於是屍乃仆。」（此外相傳為後漢趙曄所著的《楚王鑄劍記》，完全與《搜神記》所記相同。）

③**子時**　我國古代用十二地支（子、丑、寅、卯、辰、巳、午、未、申、酉、戌、亥）記時，從夜裡十一點到次晨一點稱爲子時。

④**王妃生下了一塊鐵**　清代陳元龍撰《格致鏡原》卷三十四引《列士傳》佚文：「楚王夫人於夏納涼，抱鐵柱，心有所感，遂懷孕，產一鐵；王命莫邪鑄爲雙劍。」

⑤**井華水**　清晨第一次汲取的井水。明代李時珍《本草綱目》卷五井泉水《集解》：「汪穎曰：平旦第一汲，爲井華水。」

⑥雉堞　城上排列如齒狀的矮牆，俗稱城垛。

⑦勞什子　北方方言。指物件，含有輕蔑、厭惡的意思。

⑧丹田　道家把人身臍下三寸的地方稱為丹田，據說這個部位受傷，可以致命。

⑨蜜蜂的排衙　蜜蜂早晚兩次群集蜂房外面，就像朝見蜂王一般。這裡用來形容人群擁擠喧鬧。排衙，舊時衙署中下屬依次參謁長官的儀式。

⑩放鬼債的資本　作者在創作本篇數月後，曾在一篇雜感裡說，舊社會「有一種精神的資本家」，慣用「同情」一類美好言辭作為「放債」的「資本」，以求「報答」。參看《而已集‧新時代的放債法》。

⑪這裡和下文的歌，意思介於可解不可解之間。作者在一九三六年三月二十八日給日本增田涉的信中曾說：「在《鑄劍》裡，我以為沒有什麼難懂的地方。但要注意的，是那裡面的歌，意思都不明顯，因為是奇怪的人和頭顱唱出來的歌，我們這種普通人是難以理解的。」（據《魯迅書信集》）

⑫侏儒　形體矮小，專以滑稽笑謔供君王娛樂消遣的人，略似戲劇中的丑角。

⑬宴之敖者　作者虛擬的人名。一九二四年九月，魯迅輯成《俟堂磚文雜集》一書，題記後用宴之敖者作為筆名，但以後即未再用。

⑭汶汶鄉　作者虛擬的地名。汶汶，昏暗不明。

⑮獸炭　古時豪富之家將木炭屑做成各種獸形的一種燃料。東晉裴啓《語林》有如下記載：「洛下少林木，炭止如栗狀。羊琇驕豪，乃擣小炭爲屑，以物和之，作獸形。後何召之徒共集，乃以溫酒；火爇既猛，獸皆開口，向人赫然。諸豪相矜，皆服而效之。」（據魯迅輯《古小說鈎沉》本）

⑯隆準　指帝王的鼻子。準，鼻子。

⑰本篇最初發表時未署寫作日期。現在篇末的日期是收入本集時補記。據《魯迅日記》，本篇完成時間爲一九二七年四月三日。

出關①

老子②毫無動靜的坐著，好像一段呆木頭③。

「先生，孔丘又來了！」他的學生庚桑楚④，不耐煩似的走進來，輕輕的說。

「請……」

「先生，您好嗎？」孔子極恭敬的行著禮，一面說。

「我總是這樣子，」老子答道。「您怎麼樣？所有這裡的藏書，都看過了罷？」

「都看過了。不過……」孔子很有些焦躁模樣，這是他從來所沒有的。「我研究《詩》，《書》，《禮》，《樂》，《易》，《春秋》六經，自以為很長久了，夠熟透了。去拜見了七十二位主子，誰也不採用。人可真是難得說明白呵。還是『道』的難以說明白呢？」

「你還算運氣的哩，」老子說，「沒有遇著能幹的主子。六經這玩藝兒，只是先王的陳跡呀。那裡是弄出跡來的東西呢？你的話，可是和跡一樣的。跡是鞋子踏成的，但跡難道就是鞋子嗎？」停了一會，又接著說道：「白鶂們只要瞧著，眼珠子動也不動，然而自然有孕；蟲呢，雄的在上風叫，雌的在下風應，自然有孕；類是一身上兼具雌雄的，所以自然有孕。性，是不能改的；命，是不能換的；時，是不能留的；道，是不能塞的。只要得了道，什麼都行，可是如果失掉了，那就什麼都不行。」⑤

孔子好像受了當頭一棒，亡魂失魄的坐著，恰如一段呆木頭。

大約過了八分鐘，他深深的倒抽了一口氣，就起身要告辭，一面照例很客氣的致謝著老子的教訓。

老子也並不挽留他，站起來扶著拄杖，一直送他到圖書館⑥的大門外。孔子就要上車了，他才留聲機似的說道：

「您走了？您不喝點兒茶去嗎？……」

孔子答應著「是是」，上了車，拱著兩隻手極恭敬的靠在橫板⑦上；冉有⑧把鞭子在空中一揮，嘴裡喊一聲「都」，車子就走動了。待到車子離開了大門十幾步，老子才回進自己的屋裡去。

「先生今天好像很高興，」庚桑楚看老子坐定了，才站在旁邊，垂著手，說。「話說的很不少……」

「你說的對。」老子微微的嘆一口氣，有些頹唐似的回答道。「我的話真也說的太多了。」他又彷彿突然記起一件事情來，「哦，孔丘送我的一隻雁鵝⑨，不是晒了臘鵝了嗎？你蒸蒸吃去罷。我橫豎沒有牙齒，咬不動。」

庚桑楚出去了。老子就又靜下來，闔了眼。圖書館裡很寂靜。只聽得竹竿子碰著屋檐響，這是庚桑楚在取掛在檐下的臘鵝。

一過就是三個月。老子仍舊毫無動靜的坐著，好像一段呆木頭。

「先生，孔丘來了哩！」他的學生庚桑楚，詫異似的走進來，輕輕的說。「他不是長久沒來了嗎？這的來，不知道是怎的？……」

「請……」老子照例只說了這一個字。

「先生，您好嗎？」孔子極恭敬的行著禮，一面說。

「我總是這樣子，」老子答道。「長久不看見了，一定是躲在寓裡用功罷？」

「那裡那裡，」孔子謙虛的說。「沒有出門，在想著。想通了一點：鴉鵲親嘴；魚兒塗口水；細腰蜂兒化別個；懷了弟弟，做哥哥的就哭。我自己久不投在變化裡了，這怎麼能夠變化別人呢！……」

「對對！」老子道。「您想通了！」

大家都從此沒有話，好像兩段呆木頭。

大約過了八分鐘，孔子這才深深的呼出了一口氣，就起身要告辭，一面照例很客氣的致謝著老子的教訓。

老子也並不挽留他。站起來扶著拄杖，一直送他到圖書館的大門外。孔子就要上車了，他才留聲機似的說道：

「您走了？您不喝點兒茶去嗎？……」

孔子答應著「是是」，上了車，拱著兩隻手極恭敬的靠在橫板上；冉有把鞭子在空中一揮，嘴裡喊一聲「都」，車子就走動了。待到車子離開了大門十幾步，老子才回進自己的屋裡去。

「先生今天好像不大高興，」庚桑楚看老子坐定了，才站在旁邊，垂著手，說。「話說的很少……」

「你說的對。」老子微微的嘆一口氣，有些頹唐的回答道。「可是你不知道：我看我應該走了。」⑩

「這爲什麼呢？」庚桑楚大吃一驚，好像遇著了晴天的霹靂。

「孔丘已經懂得了我的意思。他知道能夠明白他的底細的，只有我，一定放心不下。我不走，是不大方便的……」

「那麼，不正是同道了嗎？還走什麼呢？」

「不，」老子擺一擺手，「我們還是道不同。譬如同是一雙鞋子罷，我的是走流沙⑪，他的是上朝廷的。」

「但您究竟是他的先生呵！」

「你在我這裡學了這許多年，還是這麼老實，」老子笑了起來，「這真是性不能改，命不能換了。你要知道孔丘和你不同：他以後就不再來，也再不叫我先生，只叫我老頭子，背地裡還要玩花樣了呀。」

「我真想不到。但先生的看人是不會錯的……」

「不，開頭也常常看錯。」

「那麼，」庚桑楚想了一想，「我們就和他幹一下……」

老子又笑了起來，向庚桑楚張開嘴：

「你看：我牙齒還有嗎？」他問。

「沒有了。」庚桑楚回答說。

「舌頭還在嗎？」

「在的。」

「懂了沒有？」

「先生的意思是說：硬的早掉，軟的卻在嗎？」⑫

「你說的對。我看你也還不如收拾收拾，回家看看你的老婆去罷。但先給我的那匹青牛⑬刷一下，鞍韉晒一下。我明天一早就要騎的。」

老子到了函谷關⑭，沒有直走通到關口的大道，卻把青牛一勒，轉入岔路，在城根下慢慢的繞著。他想爬城。

城牆倒並不高，只要站在牛背上，將身一聳，是勉強爬得上的；但是青牛留在城裡，卻沒法搬出城外去。倘要搬，得用起重機，無奈這時魯般和墨翟⑮還都沒有出世，老子自己也想不到會有這玩意。總而言之：他用盡哲學的腦筋，只是一個沒有法。

然而他更料不到當他彎進岔路的時候，已經給探子望見，立刻去報告了關官。所以繞不到七八丈路，一群人馬就從後面追來了。那個探子躍馬當先，其次是關官，就是關尹喜⑯，還帶著四個巡警和兩個簽子手⑰。

「站住！」幾個人大叫著。

老子連忙勒住青牛，自己是一動也不動，好像一段呆木頭。

「啊呀！」關官一衝上前，看見了老子的臉，就驚叫了一聲，即刻滾鞍下馬，打著拱，說道：「我道是誰，原來是老聃館長。這真是萬想不到的。」

老子也趕緊爬下牛背來，細著眼睛，看了那人一看，含含糊糊地說：「我記性壞……」

「自然，自然，先生是忘記了的。我是關尹喜，先前因爲上圖書館去查《稅收精義》，曾經拜訪過先生……」

這時簽子手便翻了一通青牛上的鞍韉，又用籤子刺一個洞，伸進指頭去掏了一下，一聲不響，噘著嘴走開了。

「先生在城圈邊溜溜？」關尹喜問。

「不，我想出去，換換新鮮空氣……」

「那很好！那好極了！現在誰都講衛生，衛生是頂要緊的。不過機會難得，我們要請先生到關上去住幾天，聽聽先生的教訓……」

老子還沒有回答，四個巡警就一擁上前，把他扛在牛背上，簽子手用簽子在牛屁股上刺了一下，牛把尾巴一捲，就放開腳步，一同向關口跑去了。

到得關上，立刻開了大廳來招待他。這大廳就是城樓的中一間，臨窗一望，只見外面全是黃土的平原，愈遠愈低；天色蒼蒼，真是好空氣。這雄關就高踞峻坂之上，門外左右全是土坡，中間一條車道，好像在峭壁之間。實在是只要一丸泥就可以封住的⑱。

大家喝過開水，再吃餑餑。讓老子休息一會之後，關尹喜就提議要他講學了。老子早知道這是免不掉的，就滿口答應。於是轟轟了一陣，屋裡逐漸坐滿了聽講的人們。同來的八人之外，還有四個巡警，兩個簽子手，五個探子，一個書記，賬房和廚房。有幾個還帶著筆，刀，木札⑲，預備抄講義。

老子像一段呆木頭似的坐在中央，沉默了一會，這才咳嗽幾聲，白鬍子裡面的嘴唇在動起來了。大家即刻屏住呼吸，側著耳朵聽。只聽他慢慢說道：

「道可道，非常道，名可名，非常名。無名，天地之始；有名，萬物之母。……」

大家彼此面面相覷，沒有抄。

「故常無欲以觀其妙，」老子接著說，「常有欲以觀其竅。此兩者，同出而異名。同，謂之玄，玄之又玄，眾妙之門⑳。……」

大家顯出苦臉來了，有些人還似乎手足失措。一個簽子手打了一個大呵欠，書記先生竟打起磕睡來，嘩啷一聲，刀筆，木札，都從手裡落在席子上面了。

老子彷彿並沒有覺得，但彷彿又有覺得似的，因爲他彷彿從此講得詳細了一點。然而他沒有牙齒，發音不清，打著陝西腔，夾上湖南音，「哩」「呢」不分，又愛說什麼「呬」；大家還是聽不懂。可是時間加長了，來聽他講學的人，倒格外的受苦。

爲面子起見，人們只好熬著，但後來總不免七倒八歪斜，各人想著自己的事，待到講到「聖人之道，爲而不爭」，住了口了，還是誰也不動彈。老子等了一會，就加上一句道：

「呬」完了！

大家這才如大夢初醒，雖然因爲坐得太久，兩腿都麻木了，一時站不起身，但心裡又驚又喜，恰如遇到大赦的一樣。

於是老子也被送到廂房裡，請他去休息。他喝過幾口白開水，就毫無動靜的坐著，好像一段呆木頭。

人們卻還在外面紛紛議論。過不多久，就有四個代表進來見老子，大意是說他話講得話太快了，加上國語不大純粹，所以誰也不能筆記。沒有記錄，可惜非常，所以要請他補發些講義。

「來篤話啥西，俺實直頭聽弗懂！」㉑賬房說。

「還是耐自家寫子出來末哉。寫子出來末，總算弗白嚼蛆一場哉啘。阿是？」㉒書記先生道。

老子也不十分聽得懂，但看見別的兩個把筆，刀，木札，都擺在自己的面前了，就料是一定要他編講義。他知道這是免不掉的，於是滿口答應；不過今天太晚了，要明天才開手。

代表們認這結果爲滿意，退出去了。

第二天早晨，天氣有些陰沈沈，老子覺得心裡不舒適，不過仍須編講義、因爲他急於要出關，而出關，卻須把講義交卷。他看一眼面前的一大堆木札，似乎覺得更加不舒適了。

然而他還是不動聲色，靜靜的坐下去，寫起來。回憶著昨天的話，想一想，寫一句。那時眼鏡還沒有發明，他的老花眼睛細得好像一條線，很費力；除去喝白開水和吃餑餑的時間，寫了整整一天半，也不過五千個大字。

「爲了出關，我看這也敷衍得過去了。」他想。

於是取了繩子，穿起木札來，計兩串，扶著拄杖，到關尹喜的公事房裡去交稿，並且聲明他立刻要走的意思。

關尹喜非常高興，非常感謝，又非常惋惜，堅留他多住一些時，但看見留不住，便換了一副悲哀的臉相，答應了，命令巡警給青牛加鞍。一面自己親手從架子上挑出一包鹽，一包胡麻，十五個餑餑來，裝在一個充公的白布口袋裡送給老子做路上的糧食。並且聲明：這是因爲他是老作家，所以非常優待㉓，假如他年紀輕，餑餑就只能有十個了。

老子再三稱謝，收了口袋，和大家走下城樓，到得關口，還要牽著青牛走路；關尹喜竭力勸他上牛，遜讓一番之後，終於也騎上去了。作過別，撥轉牛頭，便向峻坂的大路上慢慢的走去。

不多久，牛就放開了腳步。大家在關口目送著，去了兩三丈遠，還辨得出白髮，黃袍，青牛，白口袋，接著就塵頭逐步而起，罩著人和牛，一律變成灰色，再一會，已只有黃塵滾滾，什麼也看不見了。

大家回到關上，好像卸下了一副擔子，伸一伸腰，又好像得了什麼貨色似的，咂一咂嘴，好些人跟著關尹喜走進公事房裡去。

「這就是稿子？」賬房先生提起一串木札來，翻著，說。「字倒寫得還乾淨。我看到市上去賣起來，一定會有人要的。」

書記先生也湊上去，看著第一片，念道：

「『道可道，非常道』……哼，還是這些老套。真教人聽得頭痛，討厭……」

「醫頭痛最好是打打盹。」賬房放下了木札，說。

「哈哈哈！……我真只好打盹了。老實說，我是猜他要講自己的戀愛故事，這才去聽的。要是早知道他不過這麼胡說八道，我就壓根兒不去坐這麼大半天受罪……」

「這可只能怪您自己看錯了人，」關尹喜笑道。「他那裡會有戀愛故事呢？他壓根兒就沒有過戀愛。」

「您怎麼知道？」書記詫異的問。

「這也只能怪您自己打了瞌睡，沒有聽到他說『無為而無不為』。這傢伙真是『心高於天，命薄如紙』，想『無不為』，就只好『無為』。一有所愛，就不能無不愛，那裡還能戀愛，敢戀愛？您看看您自己就是：現在只要看見一個大姑娘，不論好醜，就眼睛甜膩膩的都像是你自己的老婆。將來娶了太太，恐怕就要像我們的賬房先生一樣，規矩一些了。」

窗外起了一陣風，大家都覺得有些冷。

「這老頭子究竟是到那裡去，去幹什麼的？」書記先生趁勢岔開了關尹喜的話。

「自說是上流沙去的，」關尹喜冷冷的說。「看他走得到。外面不但沒有鹽，麵，連水也難得。肚子餓起來，我看是後來還要回到我們這裡來的。」

「那麼，我們再叫他著書。」賬房先生高興了起來。「不過餑餑真也太費。那時候，我們只要說宗旨已經改為提拔新作家，兩串稿子，給他五個餑餑也足夠了。」

「那可不見得行。要發牢騷，鬧脾氣的。」

「餓過了肚子，還要鬧脾氣？」

「我倒怕這種東西，沒有人要看。」書記搖著手，說。「連五個餑餑的本錢也撈不回。譬如罷，倘使他的話是對的，那麼，我們的頭兒就得放下關官不做，這才是無不做，是一個了不起的大人……」

「那倒不要緊，」賬房先生說，「總有人看的。交卸了的關官和還沒有做關官的隱士，不是多得很嗎？……」

窗外起了一陣風，颳上黃塵來，遮得半天暗。這時關尹喜向門外一看，只見還站著許多巡警和探子，在呆聽他們的閑談。

「呆站在這裡幹什麼？」他吆喝道。「黃昏了，不正是私販子爬城偷稅的時候了嗎？巡邏去！」

門外的人們，一溜煙跑下去了。屋裡的人們，也不再說什麼話，賬房和書記都走出去了。關尹喜才用袍袖子把案上的灰塵拂了一拂，提起兩串木札來，放在堆著充公的鹽，胡麻，布，大豆，餑餑等類的架子上。

一九三五年十二月作

注釋

①本篇最初發表於一九三六年一月二十日上海《海燕》月刊第一期。關於這篇小說，作者曾寫過一篇《〈出關〉的「關」》，後收入《且介亭雜文末編》，可參看。

②**老子**　我國古代思想家，道家學派的創始者，春秋時楚國人。《史記‧老子韓非列傳》說：「老子者，楚苦縣厲鄉曲仁里人也。姓李氏，名耳，字聃，周守藏室之史也。孔子適周，將問禮於老子，老子曰：『子所言者，其人與骨皆已朽矣，獨其言在耳。』……老子修道德，其學以自隱無名爲務。居周久之，見周之衰，迺遂去。至關，關令尹喜曰：『子將隱矣，彊爲我著書。』於是老子迺著書上下篇，言道德之意五千餘言而去，莫知其所終。」關於老聃其人其書的時代，孔丘曾否見過老聃，近代學者的看法不一。現存《老子》（一名《道德經》），分《道經》、《德經》上下兩篇，是戰國時人編纂的傳爲老聃的言論集。

③關於老聃接見孔丘時的情形，《莊子‧田子方》中記有如下的傳說：「孔子見老

聃，老聃新沐，方將被髮而乾，慹然似非人；孔子便而待之，少焉見曰：『丘也眩與？其信然與？向者先生形體，掘（倔）若槁木，似遺物離人而立於獨也。』」慹然，晉代司馬彪注：「不動貌。」

④**庚桑楚**　老聃弟子。《莊子・庚桑楚》中說：「老聃之役，有庚桑楚者，偏得老聃之道，以北居畏壘之山。」據司馬彪注，「役」就是門徒、弟子。

⑤關於孔丘兩次見老聃的傳說，《莊子・天運》中有如下的描寫：「孔子謂老聃曰：『丘治《詩》、《書》、《禮》、《樂》、《易》、《春秋》六經，自以爲久矣，孰（熟）知其故矣。以奸（干）者七十二君，論先王之道，而明周召之跡，一君無所鉤用。甚矣夫，人之難說也，道之難明邪？』老子曰：『幸矣，子之不遇治世之君也。夫六經，先王之陳跡也，豈鶂所以跡哉？今子之所言，猶跡也；夫跡，履之所出，而跡豈履哉？夫白其之相視，眸子不運而風化；蟲，雄鳴於上風，雌應於下風而風化；類，自爲雌雄，故風化。性不可易，命不可變，時不可止，道不可壅。苟得其道，無自而不可；失焉者，無自而可。』孔子不出，三月，復見，曰：『丘得之矣。烏鵲孺，魚傅沫，細要（腰）者化，有弟而兄啼。久矣夫，丘不與化爲人；不與化爲人，安能化人？』老子曰：『可，丘得之矣。』」按關於上文中所說的「類」，《山海經・南山經》中有如下記載：「亶爰之山……有獸焉：其狀如狸而

有髦，其名曰類，自爲牝牡，食者不妒。」「細要」，指細腰蜂，即蜾蠃。我國有些古書中誤認蜾蠃純雌無雄，只有捕捉螟蛉來使牠化爲己子；所以小說中譯原句爲「細腰蜂兒化別個」。風化，舊說是獸類雌雄相誘而化育的意思。

⑥**圖書館**　《史記・老子韓非列傳》說老子曾作周室「守藏室之史」，司馬貞《索隱》：「藏室史乃周藏書室之史也。」藏書室是古代帝王收藏圖書文獻的地方；史，古代掌管圖書、記事、歷象的史官。

⑦**橫板**　古稱爲「軾」，即設置車廂前端供乘車者憑倚的橫木。古人在車上用俯首憑軾表示敬禮。

⑧**冉有**　名求，春秋時魯國人，孔丘弟子。《論語・子路》有「子適衛，冉有僕」的記載；宋代朱熹注：「僕，御車也。」

⑨**雁鵝**　古代士大夫初相見時，用雁作爲禮物。《儀禮・士相見禮》：「下大夫相見以雁。」清代王引之以爲雁鵝即鵝（見《經義述聞》）。

⑩關於老聃西出函谷的原因，作者在《〈出關〉的「關」》中說，是爲了孔丘的幾句話，又說，這是依據章太炎的意見；現摘錄章著《諸子學略說》中有關一節於下：「老子以其權術授之孔子，而征藏故書，亦悉爲孔子詐取。孔子之權術，乃有過於老子者。孔學本出於老，以儒道之形式有異，不欲崇奉以爲本師；而懼老子發其覆

也，於是說老子曰：『烏鵲孺，魚傳沫，細要者化，有弟而兄啼。』（原注：意謂己述六經，學皆出於老子，吾書先成，子名將奪，無可如何也。）老子膽怯，不得不曲從其請。逢蒙殺羿之事，又其素所怵惕也。胸有不平，欲一舉發，而孔氏之徒遍布東夏，吾言朝出，首領可以夕斷。於是西出函谷，知秦地之無儒，而孔氏之無如我何，則始著《道德經》，以發其覆。借令其書早出，則老子必不免於殺身，如少正卯在魯，與孔子並，孔子之門，三盈三虛，猶以爭名致戮，而況老子之陵駕其上者乎？」（見一九〇六年《國粹學報》第二年第四冊）按章太炎的這種說法，只是一種推測，魯迅在《〈出關〉的「關」》中曾說，「我也並不信為一定的事實。」

⑪流沙　古代指我國西北的沙漠地區。《史記・老子韓非列傳》裴駰《集解》引劉向《列仙傳》說：「老子西遊，……（關令尹喜）與老子俱之流沙之西。」

⑫老聃和庚桑楚的這一段對話，是根據劉向《說苑・敬慎》中所載老聃和常樅的一段問答：「常樅有疾，老子往問焉，張其口而示老子曰：『吾舌存乎？』老子曰：『然。』『吾齒存乎？』老子曰：『亡。』常樅曰：『子知之乎？』老子曰：『夫舌之存也，豈非以其柔邪；齒之亡也，豈非以其剛邪？』常樅曰：『然。』」常樅，相傳為老聃之師。

⑬關於老聃騎青牛的傳說，《史記・老子韓非列傳》司馬貞《索隱》引《列異傳》說：「老子西遊，關令尹喜望見其有紫氣浮關，而老子果乘青牛而過。」

⑭**函谷關**　在今河南靈寶縣東北，東自崤山，西至潼津，通名函谷；關城在谷中，戰國時秦國所置。

⑮**魯般和墨翟**　參看本書《非攻》及其有關的注。

⑯**關尹喜**　相傳爲函谷關關尹。按《史記・老子韓非列傳》並未敘明關吏姓名；「喜」字應是動詞，漢代人認爲人名，所以稱爲關尹喜。《莊子・天下》稱關尹、老聃二人爲「古之博大真人」；《呂氏春秋・不二》也有「老耽（聃）貴柔……關尹貴清」的話。

⑰**簽子手**　舊時稱關卡上持鐵簽查驗貨物的人。

⑱**一丸泥就可以封住**　形容函谷關的形勢險要，用少數兵力即可扼守的意思。「丸泥」，見《後漢書・隗囂傳》中王元對隗囂說的話：「元清以一丸泥爲大王東封函谷關。」按我國古時用泥丸封緘木簡，所以王元有丸泥封關的譬喻。

⑲**筆、刀、木札**　我國古代還沒有紙的時候，記事是用筆點漆寫在竹簡或木札上，寫錯了就用刀削去，因而同時用這三種工具。

⑳自「道可道」至「眾妙之門」，連成一段，是《老子》全書開始的一章。下文「聖

人之道，爲而不爭」，是全書最末一句。「無爲而無不爲」，是第四十八章中的一句。

㉑這句話間雜著南北方言，意思是：你在說些什麼，我簡直聽不懂！

㉒這是蘇州方言，意思是：還是你自己寫出來吧。寫了出來，總算不白白地瞎說一場。是吧？

㉓這裡說的「優待」老作家和下文的「提拔新作家」，是從前出版商爲了對作家進行剝削常用的一種欺騙宣傳，這裡信筆予以諷刺。

非攻①

一

子夏②的徒弟公孫高③來找墨子④，已經好幾回了，總是不在家，見不著。大約是第四或者第五回罷，這才恰巧在門口遇見，因爲公孫高剛一到，墨子也適値回家來。他們一同走進屋子裡。

公孫高辭讓了一通之後，眼睛看著席子⑤的破洞，和氣的問道：

「先生是主張非戰的？」

「不錯！」墨子說。

「那麼，君子就不鬥麼？」

「是的！」墨子說。

「豬狗尙且要鬥，何況人……」

「唉唉，你們儒者，說話稱著堯舜，做事卻要學豬狗，可憐，可憐！」⑥墨子說著，站了起來，匆匆的跑到廚下去了，一面說：「你不懂我的意思……」

他穿過廚下，到得後門外的井邊，絞著轆轤，汲起半瓶井水來，捧著吸了十多口，於是放下瓦瓶，抹一抹嘴，忽然望著圓角上叫了起來道：

「阿廉⑦!你怎麼回來了?」

阿廉也已經看見，正在跑過來，一到面前，就規規矩矩的站定，垂著手，叫一聲「先生」，於是略有些氣憤似的接著說：

「我不幹了。他們言行不一致。說定給我一千盆粟米的，卻只給了我五百盆。我只得走了。」

「如果給你一千多盆，你走麼?」

「不。」阿廉答。

「那麼，就並非因爲他們言行不一致，倒是因爲少了呀!」

墨子一面說，一面又跑進廚房裡，叫道：

「耕柱子⑧!給我和起玉米粉來!」

耕柱子恰恰從堂屋裡走到，是一個很精神的青年。

「先生，是做十多天的乾糧罷?」他問。

「對咧。」墨子說。「公孫高走了罷?」

「走了，」耕柱子笑道。「他很生氣，說我們兼愛無父，像禽獸一樣。」⑨

墨子也笑了一笑。

「先生到楚國去?」

「是的。你也知道了？」墨子讓耕柱子用水和著玉米粉，自己卻取火石和艾絨打了火，點起枯枝來沸水，眼睛看火焰，慢慢的說道：「我們的老鄉公輸般⑩，他總是倚恃著自己的一點小聰明，興風作浪的。造了鉤拒⑪，教楚王和越人打仗還不夠，這回是又想出了什麼雲梯，要慫恿楚王攻宋去了。宋是小國，怎禁得這麼一攻。我去按他一下罷。」

他看得耕柱子已經把窩窩頭上了蒸籠，便回到自己的房裡，在壁櫥裡摸出一把鹽漬藜菜乾，一柄破銅刀，另外找了一張破包袱，等耕柱子端進蒸熟的窩窩頭來，就一起打成一個包裹。衣服卻不打點，也不帶洗臉的手巾，只把皮帶緊了一緊，走到堂下，穿好草鞋，背上包裹，頭也不回的走了。從包裹裡，還一陣一陣的冒著熱蒸氣。

「先生什麼時候回來呢？」耕柱子在後面叫喊道。

「總得二十來天罷。」墨子答著，只是走。

二

墨子走進宋國的國界的時候，草鞋帶已經斷了三四回，覺得腳底上很發熱，停下來一看，鞋底也磨成了大窟窿，腳上有些地方起繭，有些地方起泡了⑫。他毫不在意，仍然走，沿路看看情形，人口倒很不少，然而歷來的水災和兵災的痕跡，卻到處存留，沒有人民的變換得飛快。

走了三天，看不見一所大屋，看不見一顆大樹，看不見一個活潑的人，看不見一片肥沃的田地，就這樣的到了都城⑬。

城牆也很破舊，但有幾處添了新石頭；護城溝邊看見爛泥堆，像是有人淘掘過，但只見有幾個閑人坐在溝沿上似乎釣著魚。

「他們大約也聽到消息了。」墨子想。細看那些釣魚人，卻沒有自己的學生在裡面。

他決計穿城而過，於是走近北關，順著中央的一條街，一逕向南走。城裡面也很蕭條，但也很平靜；店鋪都貼著減價的條子，然而並不見買主，可是店裡也並無怎樣的貨色；街道上滿積著又細又黏的黃塵。

「這模樣了，還要來攻它！」墨子想。

他在大街上前行，除看見了貧弱而外，也沒有什麼異樣。楚國要來進攻的消息，是也許已經聽到了的，然而大家被攻得習慣了，自認是活該受攻的了，竟並不覺得特別，況且誰都只剩了一條性命，無衣無食，所以也沒有什麼人想搬家。待到望見南關的城樓了，這才看見街角上聚著十多個人，好像在聽一個人講故事。

當墨子走得臨近時，只見那人的手在空中一揮，大叫道：

「我們給他們看看宋國的民氣！我們都去死！」⑭

墨子知道，這是自己的學生曹公子的聲音。

然而他並不擠進去招呼他，匆匆的出了南關，只趕自己的路。又走了一天和大半夜，歇下來，在一個農家的檐下睡到黎明，起來仍復走。草鞋已經碎成一片一片，穿不住了，包袱裡還有窩窩頭，不能用，便只好撕下一塊布裳來，包了腳。

不過布片薄，不平的村路梗著他的腳底，走起來就更艱難。到得下午，他坐在一株小小的槐樹下，打開包裹來吃午餐，也算是歇歇腳。遠遠的望見一個大漢，推著很重的小車，向這邊走過來了。到得臨近，那人就歇下車子，走到墨子面前，叫了一聲「先生」，一面撩起衣角來揩臉上的汗，喘著氣。

「這是沙麼？」墨子認識他是自己的學生管黔敖，便問。

「是的，防雲梯的。」

「別的準備怎麼樣？」

「也已經募集了一些麻，灰，鐵。不過難得很：有的不肯，肯的沒有。還是講空話的多……」

「昨天在城裡聽見曹公子在講演，又在玩一股什麼『氣』，嚷什麼『死』。你去告訴他：

不要弄玄虛；死並不壞，也很難，但要死得於民有利！」

「和他很難說，」管黔敖悵悵的答道。「他在這裡做了兩年官，不大願意和我們說話了……」

「禽滑厘呢？」

「他可是很忙。剛剛試驗過連弩⑮；現在恐怕在西關外看地勢，所以遇不著先生。先生是到楚國去找公輸般的罷？」

「不錯，」墨子說，「不過他聽不聽我，還是料不定的。你們仍然準備著，不要只望著口舌的成功。」

管黔敖點點頭，看墨子上了路，目送了一會，便推著小車，吱吱嘎嘎的進城去了。

三

楚國的郢城⑯可是不比宋國：街道寬闊，房屋也整齊，大店鋪裡陳列著許多好東西，雪白的麻布，通紅的辣椒，斑斕的鹿皮，肥大的蓮子。走路的人，雖然身體比北方短小些，卻都活潑精悍，衣服也很乾淨，墨子在這裡一比，舊衣破裳，布包著兩隻腳，真好像一個老牌的乞丐了。

再向中央走是一大塊廣場，擺著許多攤子，擁擠著許多人，這是鬧市，也是十字路交叉之處。墨子便找著一個好像士人的老頭子，打聽公輸般的寓所，可惜言語不通，纏不明白，正在手掌心上寫字給他看，只聽得轟的一聲，大家都唱了起來，原來是有名的賽湘靈⑰已經開始在唱她的《下里巴人》，所以引得全國中許多人同聲應和了。

不一會，連那老士人也在嘴裡發出哼哼聲，墨子知道他決不會再來看他手心上的字，便只寫了半個「公」字，拔步再往遠處跑。然而到處都在唱，無隙可乘，許多工夫，大約是那邊已經唱完了，這才逐漸顯得安靜。他找到一家木匠店，去探問公輸般的住址。

「那位山東老，造鉤拒的公輸先生麼？」店主是一個黃臉黑鬚的胖子，果然很知道。「並不遠。你回轉去，走過十字街，從右手第二條小道上朝東向南，再往北轉角，第三家就是他。」

墨子在手心上寫著字，請他看了有無聽錯之後，這才牢牢的記在心裡，謝過主人，邁開大步，逕奔他所指點的處所。果然也不錯的：第三家的大門上，釘著一塊雕鏤極工的楠木牌，上刻六個大篆道：「魯國公輸般寓」。

墨子拍著紅銅的獸環⑱，嚡嚡的敲了幾下，不料開門出來的卻是一個橫眉怒目的門丁。他一看見，便大聲的喝道：

「先生不見客！你們同鄉來告幫⑲的太多了！」

墨子剛看了他一眼，他已經關了門，再敲時，就什麼聲息也沒有。然而這目光的一射，卻使那門丁安靜不下來，他總覺得有些不舒服，只得進去稟他的主人。公輸般正捏著曲尺，在量雲梯的模型。

「先生，又有一個你的同鄉來告幫了……這人可是有些古怪……」門丁輕輕的說。

「他姓什麼？」

「那可還沒有問……」門丁惶恐著。

「什麼樣子的？」

「像一個乞丐。三十來歲。高個子，烏黑的臉……」

「啊呀！那一定是墨翟了！」

公輸般吃了一驚，大叫起來，放下雲梯的模型和曲尺，跑到階下去。門丁也吃了一驚，趕緊跑在他前面，開了門。墨子和公輸般，便在院子裡見了面。

「果然是你。」公輸般高興的說，一面讓他進到堂屋去。「你一向好麼？還是忙？」

「是的。總是這樣……」

「可是先生這麼遠來，有什麼見教呢？」

「北方有人侮辱了我，」墨子很沈靜的說。「想託你去殺掉他……」

公輸般不高興了。

「我送你十塊錢！」墨子又接著說。

這一句話，主人可真是忍不住發怒了；他沈了臉，冷冷的回答道：

「我是義不殺人的！」

「那好極了！」墨子很感動的直起身來，拜了兩拜，又很沈靜的說道：「可是我有幾句話。我在北方，聽說你造了雲梯，要去攻宋。宋有什麼罪過呢？楚國有餘的是地，缺少的是民。殺缺少的來爭有餘的，不能說是智；宋沒有罪，卻要攻他，不是說是仁；知道著，卻不爭，不能說是忠；爭了，而不得，不能說是強；義不殺少，然而殺多，不能說是知類。先生以爲怎樣？……」

「那是……」公輸般想著，「先生說得很對的。」

「那麼，不可以歇手了麼？」

「這可不成，」公輸般悵悵的說。「我已經對王說過了。」

「那麼，帶我見王去就是。」

「好的。不過時候不早了，還是吃了飯去罷。」

然而墨子不肯聽，欠著身子，總想站起來，他是向來坐不住的⑳。

公輸般知道拗不過，便答應立刻引他去見王；一面到自己的房裡，拿出一套衣裳和鞋子來，誠懇的說道：

「不過這要請先生換一下。因爲這裡是和俺家鄉不同，什麼都講闊綽的。還是換一換便當……」

「可以可以，」墨子也誠懇的說。「我其實也並非愛穿破衣服的……只因爲實在沒有工夫換……」

四

楚王早知道墨翟是北方的聖賢，一經公輸般紹介，立刻接見了，用不著費力。

墨子穿著太短的衣裳，高腳鷺鷥似的，跟公輸般走到便殿裡，向楚王行過禮，從從容容的開口道：

「現在有一個人，不要轎車，卻想偷鄰家的破車子；不要錦繡，卻想偷鄰家的短氈襖；不要米肉，卻想偷鄰家的糠屑飯：這是怎樣的人呢？」

「那一定是生了偷摸病了。」楚王率直的說。

「楚的地面，」墨子道，方五千里，宋的卻只方五百里，這就像轎車的和破車子；楚有雲夢，滿是犀兕麋鹿，江漢裡的魚鼈黿鼉之多，那裡都賽不過，宋卻是所謂連雉兔鯽魚也沒有的，這就像米肉的和糠屑飯；楚有長松文梓楠木豫章，宋卻沒有大樹，這就像錦繡的和短氈襖。所以據臣看來，王吏的攻宋，和這是同類的。」

「確也不錯！」楚王點頭說。「不過公輸般已經給我在造雲梯，總得去攻的了。」

「不過成敗也還是說不定的。」墨子道：「只要有木片，現在就可以試一試。」

楚王是一位愛好新奇的王，非常高興，便教侍臣趕快去拿木片來。墨子卻解下自己的皮帶，彎作弧形，向著公輸子，算是城；把幾十片木片分作兩份，一份留下，一份交與公輸子，便是攻和守的器具。

於是他們倆各各拿著木片，像下棋一般，開始鬥起來了，攻的木片一進，守的就一架，這邊一退，那邊就一招。不過楚王和侍臣，卻一點也看不懂。

只見這樣的一進一退，一共有九回，大約是攻守各換了九種的花樣。這之後，公輸般歇手了。墨子就把皮帶的弧形改向了自己，好像這回是由他來進攻。也還是一進一退的支架著，然而到第三回，墨子的木片就進了皮帶的弧線裡面了。

楚王和侍臣雖然莫明其妙，但看見公輸般首先放下木片，臉上露出掃興的神色，就知道他攻守兩面，全都失敗了。

楚王也覺得有些掃興。

「我知道怎麼贏你的。」停了一會，公輸般訕訕的說。「但是我不說。」

「我也知道你怎麼贏我的。」墨子卻鎮靜的說。「但是我不說。」

「你們說的是些什麼呀？」楚王驚訝著問道。

「公輸子的意思，」墨子旋轉身去，回答道，「不過想殺掉我，以爲殺掉我，宋就沒有人守，可以攻了。然而我的學生禽滑厘等三百人，已經拿了我的守禦的器械，在宋城上，等候著楚國來的敵人。就是殺掉我，也還是攻不下的！」

「真好法子！」楚王感動的說。「那麼，我也就不去攻宋罷。」

五

墨子說停了攻宋之後，原想即刻回往魯國的，但因爲應該換還公輸般借他的衣裳，就只好再到他的寓裡去。時候已是下午，主客都很覺得肚子餓，主人自然堅留他吃午飯——或者已經是夜飯，還勸他宿一宵。

「走是總得今天就走的，」墨子說。「明年再來，拿我的書來請楚王看一看。」㉑

「你還不是講些行義麼？」公輸般道。「勞形苦心，扶危濟急，是賤人的東西，大人們不取的。他可是君王呀，老鄉！」

「那倒也不。絲麻米谷，都是賤人做出來的東西，大人們就都要。何況行義呢。」㉒

「那可也是的，」公輸般高興的說。「我沒有見你的時候，想取宋；一見你，即使白送我宋國，如果不義，我也不要了……」

「那可是我真送了你宋國了。」墨子也高興的說。「你如果一味行義，我還要送你天下

哩！」㉓

當主客談笑之間，午餐也擺好了，有魚，有肉，有酒。墨子不喝酒，也不吃魚，只吃了一點肉。公輸般獨自喝著酒，看見客人不大動刀匕，過意不去，只好勸他吃辣椒：

「請呀請呀！」他指著辣椒醬和大餅，懇切的說，「你嘗嘗，這還不壞。大蔥可不及我們那裡的肥……」

公輸般喝過幾杯酒，更加高興了起來。

「我舟戰有鉤拒，你的義也有鉤拒麼？」他問道。

「我這義的鉤拒，比你那舟戰的鉤拒好。」墨子堅決的回答說。「我用愛來鉤，用恭來拒。不用愛鉤，是不相親的，不用恭拒，是要油滑的，不相親而又油滑，馬上就離散。所以互相愛，互相恭，就等於互相利。現在你用鉤去鉤人，人也用鉤來鉤你，你用拒去拒人，人也用拒來拒你，互相鉤，互相拒，也就等於互相害了。所以我這義的鉤拒，比你那舟戰的鉤拒好。」㉔

「但是，老鄉，你一行義，可真幾乎把我的飯碗敲碎了！」公輸般碰了一個釘子之後，改口說，但也大約很有了一些酒意：他其實是不會喝酒的。

「但也比敲碎宋國的所有飯碗好。」

「可是我以後只好做玩具了。老鄉，你等一等，我請你看一點玩意兒。」

他說著就跳起來，跑進後房去，好像是在翻箱子。不一會，又出來了，手裡拿著一隻木頭和竹片做成的喜鵲，交給墨子，口裡說道：

「只要一開，可以飛三天。這倒還可以說是極巧的。」

「可是還不及木匠的做車輪，」墨子看了一看，就放在席子上，說。「他削三寸的木頭，就可以載重五十石。有利於人的，就是巧，就是好，不利於人的，就是拙，也就是壞的。」㉕

「哦，我忘記了，」公輸般又碰了一個釘子，這才醒過來。「早該知道這正是你的話。」

「所以你還是一味的行義，」墨子看著他的眼睛，誠懇的說，「不但巧，連天下也是你的了。真是打擾了你大半天。我們明年再見罷。」

墨子說著，便取了小包裹，向主人告辭；公輸般知道他是留不住的，只得放他走。送他出了大門之後，回進屋裡來，想了一想，便將雲梯的模型和木鵲都塞在後房的箱子裡。

墨子在歸途上，是走得較慢了，一則力乏，二則腳痛，三則乾糧已經吃完，難免覺得肚子餓，四則事情已經辦妥，不像來時的匆忙。然而比來時更晦氣：一進宋國界，就被搜檢了兩回；走近都城，又遇到募捐救國隊㉖，募去了破包袱；到得南關外，又遭著大雨，到城門下想避避雨，被兩個執戈的巡兵趕開了，淋得一身濕，從此鼻子塞了十多天。

一九三四年八月作

注釋

①本篇在收入本書之前，沒有在報刊上發表過。

②子夏　姓卜名商，春秋時衛國人，孔丘的弟子。

③公孫高　古書中無可查考，當是作者虛擬的人名。

④墨子（約公元前468－前376）　名翟，魯國人，生當春秋戰國之際，曾爲宋國大夫。他是我國古代思想家，墨家學派的創始者；主張「兼愛」，反對戰爭，具有「摩頂放踵，利天下，爲之」（孟軻語）的精神。他的著作有流傳至今的《墨子》共五十三篇，其中大半是他的弟子所記述的。《非攻》這篇小說主要即取材於《墨子・公輸》，原文如下：

「公輸盤爲楚造雲梯之械，成，將以攻宋。子墨子聞之，起於齊（按齊應作魯），行十日十夜而至於郢。見公輸盤，公輸盤曰：『夫子何命焉爲？』子墨子曰：『北方有侮臣，願借子殺之。』公輸盤不說（悅）。子墨子曰：『請獻十金。』公輸盤曰：『吾義固不殺人。』子墨子起，再拜曰：『請說之。吾從北方，聞子爲梯，將以攻宋，宋何罪之有？荆國（按即楚國）有餘於地，而不足於民，所殺不足，而爭所有餘，不可謂智；宋無罪而攻之，不可謂仁；知而不爭，不可謂忠；爭而不得，不可謂強；義不殺少而殺眾，不可謂知類。』公輸盤服。子墨子曰：『然乎，不已乎？』公輸盤曰：『不可，吾既已言之王矣。』子墨子曰：『胡不見我於王？』公輸盤曰：『諾。』子墨子見王，曰：『今有人於此，捨其文軒，鄰有敝轝而欲竊之；舍其錦繡，鄰有短褐而欲竊之；捨其粱肉，鄰有糠糟而欲竊之：此爲何若人？』王曰：『必爲竊疾矣。』子墨子曰：『荆之地，方五千里，宋之地，方五百里，此猶文軒之與敝轝也；荆有雲夢，犀、兕、麋、鹿滿之，江漢之魚、鼈、黿、鼉，爲天下富，宋所爲無雉、兔、狐狸（**按狐狸應作鮒魚**）者也，此猶粱肉之與糠糟也；荆有長松、文梓、楩枏，豫章，宋無長木，此猶錦繡之與短褐也。臣以三事之攻宋也，爲與此同類。臣見大王之必傷義而不得。』王曰：『善哉！雖然，公輸盤爲我爲雲梯，必取宋。』於是見公輸盤。子墨子解帶爲城，以牒爲械，公輸盤九設攻城之機變，子墨子九距之，公輸盤之攻械盡，子墨子之守圉有餘。公輸盤詘，而曰：『吾知所以距子矣，吾不言。』子墨子亦曰：『吾知子之所以距我，吾不言。』楚王問其故。子墨子曰：『公輸子之意，不過欲殺臣；殺臣，宋莫能守，可攻也。然臣之弟子禽滑釐等三百人，已持臣守圉之器，在宋城上，而待楚寇矣。雖殺臣，不能絕也。』楚王曰：『善哉！吾請無攻宋矣。』子墨子歸，過宋，天雨，庇其閭中，守閭者不內（**納**）也。」

按原文「臣以三事之攻宋也」，「三事」兩字，前人解釋不一；《戰國策・宋策》作「臣以王吏之攻宋」，較爲明白易解。在小說中作者寫作「王吏」，當係根據《戰國策》。

又，《公輸》敘墨翟只守不攻；《呂氏春秋・慎大覽》高誘注則說：「公輸般九攻之，墨子九卻之；又令公輸般守備，墨子九下之。」小說中寫墨翟與公輸般迭爲攻守，大概根據高注。

⑤**席子**　我國古人席地而坐，這裡是指鋪在地上的座席。按墨翟主張節用，反對奢侈。在《墨子》一書的《辭過》、《節用》等篇中，都詳載著他對於宮室、衣服、飲食、舟車等項的節約的意見。

⑥墨翟和子夏之徒的對話，見《墨子‧耕柱》：「子夏之徒問於子墨子曰：『君子有鬥乎？』子墨子曰：『君子無鬥。』子夏之徒曰：『狗豨猶有鬥，惡有士而無鬥矣！』子墨子曰：『傷矣哉！言則稱於湯、文，行則譬於狗豨，傷矣哉！』」

⑦**阿廉**　作者虛擬的人名。在《墨子‧貴義》中有如下的一段記載：「子墨子仕人於衛，所仕者至而反。子墨子曰：『何故反？』對曰：『與我言而不當。曰待女（汝）以千盆；授我五百盆，故去之也。』子墨子曰：『授子過千盆，則子去之乎？』對曰：『不去。』子墨子曰：『然則非爲其不審也，爲其寡也。』」

⑧**耕柱子**　和下文的曹公子、管黔敖、禽滑釐，都是墨翟的弟子。分見《墨子》中的《耕柱》、《魯問》、《公輸》等篇。

⑨**兼愛無父**　這是儒家孟軻攻擊墨家的話，見《孟子‧滕文公》：「楊氏（楊朱）爲我，是無君也；墨氏兼愛，是無父也。無父無君，是禽獸也。」

⑩公輸般　般或作班，《墨子》中作盤，春秋時魯國人。曾發明創造若干奇巧的器械，古書中多稱他爲「巧人」。

⑪鉤拒　參看本篇注㉔。

⑫關於墨翟趕路的情況，《戰國策·宋策》有如下記載：「公輸般爲楚設機，將以攻宋。墨子聞之，百舍重繭，往見公輸般。」又《淮南子·修務訓》也說：「昔者楚欲攻宋，墨子聞而悼之，自魯趨而往，十日十夜，足重而不休息，裂裳裹足，至於郢。」

⑬都城　指宋國的國都商丘（在今河南省）。

⑭這裡曹公子的演說，作者寓有諷刺當時政府的意思。一九三一年日本帝國主義侵占我國東北後，政府採取不抵抗主義，而表面上卻故意發一些慷慨激昂的空論。

⑮連弩　指利用機械力量一發多矢的連弩車。見《墨子·備高臨》。

⑯郢　楚國的都城。在今湖北江陵縣境。

⑰賽湘靈　作者根據傳說中湘水的女神湘靈而虛擬的人名。傳說湘靈善鼓瑟，如《楚辭·遠遊》中說：「使湘靈鼓瑟兮，令海若舞馮夷。」《下里巴人》，是楚國一種歌曲的名稱，《文選》宋玉《對楚王問》中說：「客有歌於郢中者，其始曰『下里巴人』，國中屬而和者數千人。」

⑱**獸環**　大門上的銅環。因爲銅環銜在銅製獸頭的嘴裡，所以叫做獸環。

⑲**告幫**　在舊社會，向有關係的人乞求錢物幫助，叫告幫。

⑳關於墨翟坐不住的事，在《文子・自然》和《淮南子・修務訓》中都有「墨子無煖席」的話，意思是說坐席還沒有溫暖，他又要上路了（《文子》舊傳為老聃弟子所作）。

㉑關於墨翟獻書給楚王的事，清代孫詒讓《墨子閒詁》（《貴義》篇）引唐代余知古《渚宮舊事》說：「墨子至郢，獻書惠王，王受而讀之，曰：『良書也。』」據《渚宮舊事》所載，此事係在墨翟止楚攻宋之後（參看孫詒讓《墨子傳略》）。

㉒墨翟與公輸般關於行義的對話，見《墨子・貴義》：「子墨子南遊於楚，見楚獻惠王，獻惠王以老辭，使穆賀見子墨子。子墨子說穆賀，穆賀大說（悅），謂子墨子曰：『子之言則成（誠）善矣，而君王天下之大王也，毋乃曰賤人之所爲而不用乎？』子墨子曰：『唯其可行。譬若藥然，草之本，天子食之，以順其疾。豈曰一草之本而不食哉？今農夫入其稅於大人，大人爲酒醴粢盛，以祭上帝鬼神。豈曰賤人之所爲而不享哉？』」小說採取墨翟答穆賀這幾句話的意思，改爲與公輸般的對話。

㉓**送你天下**　見《墨子・魯問》：「公輸子謂子墨子曰：『吾未得見之時，我欲得

宋；自我得見之後，予我宋而不義，我不為。』子墨子曰：『翟之未得見之時也，子欲得宋；自翟得見子之後，予子宋而不義，子弗為，是我予子朱也。子務為義，翟又將予子天下！』」

㉔公輸般與墨翟關於鉤拒的對話，見《墨子・魯問》：「公輸子自魯南遊楚，焉（於是）始為舟戰之器，作為鉤強之備：退者鉤之，進者強之，量其鉤強之長，而製為之兵。楚之兵節，越之兵不節，楚人因此若埶，亟敗越人。公輸子善其巧，以語子墨子曰：『我舟戰有鉤強，不知子之義亦有鉤強乎？』子墨子曰：『我義之鉤強，賢於子舟戰之鉤強。我鉤強：我鉤之以愛，揣之以恭。弗鉤以愛則不親，非揣以恭則速狎，狎而不親則速離。故交相愛，交相恭，猶若相利也。今子鉤而止人，人亦鉤而止子；子強而距人，人亦強而距子。交相鉤，交相強，猶若相害也。故我義之鉤強，賢子舟戰之鉤強。』」據孫詒讓《墨子閒詁》，「鉤強」應作「鉤拒」，「揣」也應作「拒」。鉤拒是武器，用「鉤」可以鉤住敵人後退的船隻；用「拒」可以擋住敵人前進的船隻。

㉕關於木鵲，見《墨子・魯問》：「公輸子削竹木以為鵲，成而飛之，三日不下。公輸子自以為至巧。子墨子謂公輸子曰：『子之為鵲也，不如匠之為車轄，須臾劉（斲）三寸之木，而任五十石之重。故所為功，利於人謂之巧，不利於人謂之

拙。』」

㉖募捐救國隊　影射當時政府的行爲。在日本帝國主義的侵略面前，政府實行較軟弱的政策；同時卻用「救國」的名義，策動各地的所謂「民眾團體」強行募捐。

起死①

（一大片荒地。處處有些土岡，最高的不過六七尺。沒有樹木。遍地都是雜亂的蓬草；草間有一條人馬踏成的路徑。離路不遠，有一個水溜。遠處望見房屋。）

莊子②——（黑瘦面皮，花白的絡腮鬍子，道冠③，布袍，拿著馬鞭，上。）出門沒有水喝，一下子就覺得口渴。口渴可不是玩意兒呀，真不如化爲蝴蝶。可是這裡也沒有花兒呀，……哦！海子④在這裡了，運氣，運氣！（他跑到水溜旁邊，撥開浮萍，用手掬起水來，喝了十幾口。）唔，好了。慢慢的上路。（走著，向四處看，）阿呀！一個髑髏。這是怎的？（用馬鞭在蓬草間撥了一撥，敲著，說：）

您是貪生怕死，倒行逆施，成了這樣的呢？（橐橐。）還是失掉地盤，吃著板刀，成了這樣的呢？（橐橐橐。）還是鬧得一塌胡塗，對不起父母妻子，成了這樣的呢？（橐橐。）您不知道自殺是弱者的行爲⑤嗎？（橐橐橐！）還是您沒有飯吃，沒有衣穿，成了這樣的呢？（橐橐。）還是年紀老了，活該死掉，成了這樣的呢？（橐橐。）還是……唉，這倒是我胡塗，好像在做戲了。那裡會回答。好在離楚國已經不遠，用不著忙，還是請司命大神⑥復他的形，生他的肉，和他談談閑天，再給他重回家鄉，骨肉團聚罷。（放下馬鞭，朝著東方，拱兩手向天，提高了喉嚨，大叫起來：）

至心朝禮⑦，司命大天尊！……

（一陣陰風，許多蓬頭的，禿頭的，瘦的，胖的，男的，女的，老的，少的鬼魂出現。）

鬼魂——莊周，你這胡塗蟲！花白了鬍子，還是想不通。死了沒有四季，也沒有主人公。天地就是春秋，做皇帝也沒有這麼輕鬆。還是莫管閑事罷，快到楚國去幹你自家的運動。……

莊子——你們才是胡塗鬼，死了也還是想不通。要知道活就是死，死就是活呀，奴才也就是主人公。我是達性命之源的，可不受你們小鬼的運動。

鬼魂——那麼，就給你當場出醜……

莊子——楚王的聖旨在我頭上，更不怕你們小鬼的起哄！

（又拱兩手向天，提高了喉嚨，大叫起來：）

至心朝禮，司命大天尊！

天地玄黃，宇宙洪荒。日月盈昃，辰宿列張。

趙錢孫李，周吳鄭王。馮秦褚衛，姜沈韓楊。⑧

太上老君急急如律令⑨！敕！敕！敕！

（一陣清風，司命大神道冠布袍，黑瘦面皮，花白的絡腮鬍子，手執馬鞭，在東方的朦朧中出現。鬼魂全都隱去。）

司命——莊周，你找我，又要鬧什麼玩意兒了？喝夠了水，不安分起來了嗎？

莊子——臣是見楚王去的，路經此地，看見一個空髑髏，卻還存著頭樣子。該有父母妻子的罷，死在這裡了，真是嗚呼哀哉，可憐得很，所以懇請大神復他的形，還他的肉，給他活轉來，好回家鄉去。

司命——哈哈！這也不是真心話，你是肚子還沒飽就找閑事做。認真不像認真，玩耍又不像玩耍。還是走你的路罷，不要和我來打岔。要知道「死生有命」⑩，我也礙難隨便安排。

莊子——大神錯矣。其實那裡有什麼死生。我莊周曾經做夢變了蝴蝶⑪，是一隻飄飄蕩蕩的蝴蝶，醒來成了莊周，是一個忙忙碌碌的莊周。究竟是莊周做夢變了蝴蝶呢，還是蝴蝶做夢變了莊周呢，可是到現在還沒有弄明白。這樣看來，又安知道這髑髏不是現在正活著，所謂活了轉來之後，倒是死掉了呢？請大神隨隨便便，通融一點罷。做人要圓滑，做神也不必迂腐的。

司命——（微笑，）你也還是能說不能行，是人而非神……那麼，也好，給你試試罷。

（司命用馬鞭向蓬中一指。同時消失了。所指的地方，發出一道火光，跳起一個漢子來。）

漢子——（大約三十歲左右，體格高大，紫色臉，像是鄉下人，全身赤條條的一絲不掛。用拳頭揉了一通眼睛之後，定一定神，看見了莊子，）噲？

莊子——噲？（微笑著走近去，看定他，）你是怎麼的？

漢子——唉唉，睡著了。你是怎麼的？（向兩邊看，叫了起來，）阿呀，我的包裹和傘子呢？（向自己的身上看，）阿呀呀，我的衣服呢？（蹲了下去。）

莊子——你靜一靜，不要著慌罷。你是剛剛活過來的。你的東西，我看是早已爛掉，或者給人拾去了。

漢子——你說什麼？

莊子——我且問你：你姓甚名誰，那裡人？

漢子——我是楊家莊的楊大呀。學名叫必恭。

莊子——那麼，你到這裡是來幹什麼的呢？

漢子——探親去的呀，不提防在這裡睡著了。（著急起來。）我的衣服呢？我的包裹和傘子呢？

莊子——你靜一靜，不要著慌罷——我且問你：你是什麼時候的人？

漢子——（詫異，）什麼？……什麼叫作「什麼時候的人」？……我的衣服呢？……

莊子——嘖嘖，你這人真是胡塗得要死的角兒——專管自己的衣服，真是一個徹底的利己主義者。你這「人」尚且沒有弄明白，那裡談得到你的衣服呢？所以我首先要問你：你是什麼時候的人？唉唉，你不懂。……那麼，（想了一想）我且問你：你先前活著的時候，村子裡出了什麼故事？

漢子——故事嗎？有的。昨天，阿二嫂就和七太婆吵嘴。

莊子——還欠大！

漢子——還欠大？……那麼，楊小三旌表了孝子……

莊子——旌表了孝子，確也是一件大事情……不過還是很難查考……（想了一想，）再沒有什麼更大的事情，使大家因此鬧了起來的了嗎？

漢子——鬧了起來？……（想著，）哦，有有！那還是三四個月前頭，因為孩子們的魂靈，要攝去墊鹿台腳了⑫，真嚇得大家雞飛狗走，趕忙做起符袋來，給孩子們帶上……

莊子——（出驚，）鹿台？什麼時候的鹿台？

漢子——就是三四個月前頭動工的鹿台。

莊子——那麼，你是紂王的時候死的？這真了不得，你已經死了五百多年了。

漢子——（有點發怒，）先生，我和你還是初會，不要開玩笑罷。我不過在這兒睡了一忽，什麼死了五百多年。我是有正經事，探親去的。快還我的衣服，包裹和傘子。我沒有陪你玩笑的工夫。

莊子——慢慢的，慢慢的，且讓我來研究一下。你是怎麼睡著的呀？

漢子——怎麼睡著的嗎？（想著，）我早上走到這地方，好像頭頂上轟的一聲，眼前一黑，就睡著了。

莊子——疼嗎？

漢子——好像沒有疼。

莊子——哦……（想了一想，）哦……我明白了。一定是你在商朝的紂王的時候，獨個兒走到這地方，卻遇著了斷路強盜，從背後給你一悶棍，把你打死，什麼都搶走了。現在我們是周朝，已經隔了五百多年，還那裡去尋衣服。你懂了沒有？

漢子——（瞪了眼睛，看著莊子，）我一點也不懂。先生，你還是不要胡鬧，還我衣服，包裹和傘子罷。我是有正經事，探親去的，沒有陪你玩笑的工夫！

莊子——你這人真是不明道理……

漢子——誰不明道理？我不見了東西，當場捉住了你，不問你要，問誰要？（站起來。）

莊子——（著急，）你再聽我講：你原是一個髑髏，是我看得可憐，請司命大神給你活轉來的。你想想看：你死了這許多年，那裡還有衣服呢！我現在並不要你的謝禮，你且坐下，和我講講紂王那時候……

漢子——胡說！這話，就是三歲小孩子也不會相信的。我可是三十三歲了！（走開來，）你……

莊子——我可真有這本領。你該知道漆園的莊周的罷。

漢子——我不知道。就是你真有這本領，又值什麼鳥？你把我弄得精赤條條的，活轉來又有什麼用？叫我怎麼去探親？包裹也沒有了……（有些要哭，跑開來拉住了莊子的袖子，）我不相信你的胡說。這裡只有你，我當然問你要！我扭你見保甲⑬去！

莊子——慢慢的，慢慢的，我的衣服舊了，很脆，拉不得。你且聽我幾句話：你先不要專想衣服罷，衣服是可有可無的，也許是有衣服對，也許是沒有衣服對。鳥有羽，獸有毛，然而王瓜茄子赤條條。此所謂「彼亦一是非，此亦一是非」，你固然不能說沒有衣服對，然而你又怎麼能說有衣服對呢？……

漢子——（發怒，）放你媽的屁！不還我的東西，我先揍死你！（一手捏了拳頭，舉起來，一手去揪莊子。）

莊子——（窘急，招架著，）你敢動粗！放手！要不然，我就請司命大神來還你一個死！

漢子——（冷笑著退開，）好，你還我一個死罷。要不然，我就要你還我的衣服，傘子和包裹，裡面是五十二個圜錢⑭，斤半白糖，二斤南棗……

莊子——（嚴正地，）你不反悔？

漢子——小舅子才反悔！

莊子——（決絕地，）那就是了。既然這麼胡塗，還是送你還原罷。（轉臉朝著東方，拱兩手向天，提高了喉嚨，大叫起來：）

至心朝禮，司命大天尊！

天地玄黃，宇宙洪荒。日月盈昃，辰宿列張。

趙錢孫李，周吳鄭王。馮秦褚衛，姜沈韓楊。

太上老君急急如律令！敕！敕！敕！

（毫無影響，好一會。）

天地玄黃！

太上老君！敕！敕！敕！……敕！

（毫無影響，好一會。）

（莊子向周圍四顧，慢慢的垂下手來。）

漢子——死了沒有呀？

莊子——（頹唐地，）不知怎的，這回可不靈……

漢子——（撲上前，）那麼，不要再胡說了。賠我的衣服！

莊子——（退後，）你敢動手？這不懂哲理的野蠻！

漢子——（揪住他，）你這賊骨頭！你這強盜軍師！我先剝你的道袍，拿你的馬，賠我……

（莊子一面支撐著，一面趕緊從道袍的袖子裡摸出警笛來，狂吹了三聲。漢子愕然，放慢了動作。不多久，從遠處跑來一個巡士。）

巡士——（且跑且喊，）帶住他！不要放！（他跑近來，是一個魯國大漢，身材高大，制服制帽，手執警棍，面赤無鬚。）帶住他！這舅子！……

漢子——（又揪緊了莊子，）帶住他！這舅子！……

（巡士跑到，抓住莊子的衣領，一手舉起警棍來。漢子放手，微彎了身子，兩手掩著小肚。）

莊子——（托住警棍，歪著頭，）這算什麼？

巡士——這算什麼？哼！你自己還不明白？

莊子——（憤怒，）怎麼叫了你來，你倒來抓我？

巡士——什麼？

莊子——我吹了警笛……

巡士——你搶了人家的衣服，還自己吹警笛，這渾蛋！

莊子——我是過路的，見他死在這裡，救了他，他倒纏住我，說我拿了他的東西了。你看看我的樣子，可是搶人東西的？

巡士——（收回警棍，）「知人知面不知心」，誰知道。到局裡去罷。

莊子——那可不成。我得趕路，見楚王去。

巡士——（吃驚，鬆手，細看了莊子的臉，）那麼，您是漆……

莊子——（高興起來，）不錯！我正是漆園吏莊周。您怎麼知道的？

巡士——咱們的局長這幾天就常常提起您老，說您老要上楚國發財去了，也許從這裡經過的。敝局長也是一位隱士，帶便兼辦一點差使，很愛讀您老的文章，讀《齊物論》，什麼「方生方死，方死方生，方可方不可，方不可方可」，真寫得有勁，真是上流的文章⑮，真好！您老還是到敝局裡去歇歇罷。

（漢子吃驚，退進蓬草叢中，蹲下去。）

莊子——今天已經不早，我要趕路，不能耽擱了。還是回來的時候，再去拜訪貴局長罷。

（莊子且說且走，爬在馬上，正想加鞭，那漢子突然跳出草叢，跑上去拉住了馬嚼子。巡士也追上去，拉住漢子的臂膊。）

莊子——你還纏什麼？

漢子——你走了，我什麼也沒有，叫我怎麼辦？（看著巡士，）您瞧，巡士先生……

巡士——（搔著耳朵背後，）這模樣，可真難辦……但是，先生……我看起來，（看著莊子，）還是您老富裕一點，賞他一件衣服，給他遮遮羞……

莊子——那自然可以的，衣服本來並非我有。不過我這回要去見楚王，不穿袍子，不行，脫了小衫，光穿一件袍子，也不行……

巡士——對啦，這實在少不得。（向漢子，）放手！

漢子——我要去探親……

巡士——胡說！再麻煩，看我帶你到局裡去！（舉起警棍，）滾開！

（漢子退走，巡士追著，一直到亂蓬裡。）

莊子——再見再見。

巡士——再見再見。您老走好哪！

（莊子在馬上打了一鞭，走動了。巡士反背著手，看他漸跑漸遠，沒入塵頭中，這才慢慢的回轉身，向原來的路上踱去。）

（漢子突然從草叢中跳出來，拉住巡士的衣角。）

巡士——幹嗎？

漢子——我怎麼辦呢？

巡士——這我怎麼知道。

漢子——我要去探親……

巡士——你探去就是了。

漢子——我沒有衣服呀。

巡士——沒有衣服就不能探親嗎？

漢子——你放走了他。現在你又想溜走了，我只好找你想法子。不問你，問誰呢？你瞧，這叫我怎麼活下去！

巡士——可是我告訴你：自殺是弱者的行爲呀！

漢子——那麼，你給我想法子！

巡士——（擺脫著衣角，）我沒有法子想！

漢子——（縋住巡士的袖子，）那麼，你帶我到局裡去！

巡士——（擺脫著袖子，）這怎麼成。赤條條的，街上怎麼走。放手！

漢子——那麼，你借我一條褲子！

巡士——我只有這一條褲子，借給了你，自己不成樣子了。（竭力的擺脫著，）不要胡鬧！放手！

漢子——（揪住巡士的頸子，）我一定要跟你去！

巡士——（窘急，）不成！

漢子——那麼，我不放你走！

巡士——你要怎麼樣呢？

漢子——我要你帶我到局裡去！

巡士——這真是……帶你去做什麼用呢？不要搗亂了。放手！要不然……（竭力的掙扎。）

漢子——（揪得更緊，）要不然，我不能探親，也不能做人了。二斤南棗，斤半白糖……

你放走了他，我和你拚命……

巡士——（掙扎著，）不要搗亂了！放手？要不然……要不然……（說著，一面摸出警笛，狂吹起來。）

一九三五年十二月作

注釋

①本篇在收入本書之前，沒有在報刊上發表過。

②莊子（約公元前369－前286）　名周，戰國時宋國人。曾爲漆園吏。他是我國古代思想家，道家思想的代表人。他的著作流傳至今的有《莊子》三十三篇；本篇的材料主要即採自《莊子．至樂》中的一個寓言：「莊子之楚，見空髑髏，髐然有形，撽以馬捶，因而問之曰：『夫子貪生失理，而爲此乎？將子有亡國之事，斧鉞之誅，而爲此乎？將子有不善之行，愧遺父母妻子之醜，而爲此乎？將子有凍餒之患，而爲此乎？將子之春秋，故及此乎？』於是語卒，援髑髏枕而臥。夜半，髑髏見夢曰：『子之談者似辯士，視子所言，皆生人之累也，死則無此矣。子欲聞死之說乎？』莊子曰：『然。』髑髏曰：『死無君於上，無臣於下，亦無四時之事，

徒然以天地爲春秋，雖南面王，樂不能過也。』莊子不信，曰：『吾使司命，復生子形，爲子骨肉肌膚，反子父母妻子，閭里知識，子欲之乎？』髑髏深矉蹙頞曰：『吾安能棄南面王樂，而復爲人間之勞乎？』」

③**道冠** 道士帽。按以老、莊爲代表的道家學派並非宗教，莊周亦並非道士。由於道家思想對後來的道教有相當影響，所以道教奉老聃爲教祖，尊稱他爲「太上老君」。這裡也把莊周寫作道士裝束。

④**海子** 即湖泊，蒙古語「淖爾」的意譯；《新元史・河渠志》：「淖爾，譯言海子也。」按從元代以後，「海子」也成爲北京的口語。

⑤**自殺是弱者的行為** 當時社會上曾陸續發生一些人因不堪壓迫而自殺的事件，文人不加分析地說這種自殺是「弱者的行爲」。作者在這裡順筆給予諷刺。參看《花邊文學・論秦理齋夫人事》、《且介亭雜文二集・論人言可畏》。

⑥**司命大神** 司命，我國古書中記載的星名。舊時認爲司命主管人的生死壽命。

⑦**至心朝禮** 道教經書中常用的話。意思是誠心誠意地禮拜。

⑧「天地玄黃」至「辰宿列張」，是《千字文》的開首四句。「趙錢孫李」至「姜沈韓楊」，是《百家姓》的開首四句（**按後二句原作「馮陳褚衛，蔣沈韓楊」**）。這裡是作者隨意取用，並非一般道士所念的真的咒語。

急如律令　意思是如法律命令，必須迅速執行。如律令，原爲漢代公文常用語；道士仿效，用於符咒的末尾。敕，舊時上對下的命令詞。

⑩**「死生有命」**　孔丘弟子子夏的話，見《論語・顏淵》。

⑪**莊周做夢變了蝴蝶**，見《莊子・齊物論》：「昔者莊周夢爲蝴蝶，栩栩然蝴蝶也。自喻適志與，不知周也。俄然覺，則蘧蘧然周也。不知周之夢爲蝴蝶與，蝴蝶之夢爲周與？」下文「彼亦一是非，此亦一是非」，也是《齊物論》中的句子。

⑫**墊鹿台腳**　舊時迷信傳說，大建築物要攝取孩子們的魂靈墊基，才能建成。鹿台，參看本書《採薇》篇注⑰。

⑬**保甲**　指保甲長。保甲制始於宋代，若干戶爲一甲，設甲長，若干甲爲一保，設保長。

⑭**圜錢**　周代錢幣。《漢書・食貨志》：「太公爲周立九府圜法……錢圜函方，輕重以銖。」

⑮**上流的文章**　林語堂在《宇宙風》第六期（一九三五年十二月）發表的《煙屑》一文中說：「吾好讀極上流書或極下流書，……上流如佛老孔孟莊生，下流如小調童謠民歌盲詞。」

附錄

附錄一

傳統和「抗傳統」（Counter-Traditions）

李歐梵

魯迅於一九〇九年八月離開日本回國。那時考慮的是周作人經濟上有困難，魯迅想對他有所補助。回國後的十年間，他似乎一直鬱鬱不歡。辛亥革命的失敗，軍閥的混戰，袁世凱政府對人民的壓制和欺騙，當然都使他痛心。此外，在日本時從事文學活動所受的挫折可能也還難以忘懷。在《吶喊・自序》中他曾說：

「我感到未曾經過的無聊，……凡有一人的主張，得了贊和，是促其前進的，得了反對，是促其奮鬥的，唯有叫喊於生人中，而生人並無反應，既非贊同，也無反對，如置身毫無邊際的荒原，無可措手的了，這是怎樣的悲哀呵，我於是以我所感到者為寂寞。」

（卷一，第四一七頁）

於是，回國後他又回頭做以前的科學工作，在杭州和紹興兩個學校擔任生理、化學等課程的教學。一九一二年，應蔡元培之邀到北京，在教育部當僉事，業餘時間都用在學術鑑賞的興趣上。編了一卷關於故鄉紹興的《會稽郡故書雜集》，校輯了也是紹興人的謝承的《後漢書》，還讀佛經，校輯《百喻經》①。據說他這時對書目版本亦有興趣，日記中的購書單上有數百種有關古典的書籍與珍本。他當時已開始搜集研究古代小說的材料。

所有這些活動給人的印象，是魯迅已經放棄了文學理想，退回到他原來不願意做的那些事情了。當自然科學教師，政府官員，研究舊書版本，搜集藝術品。我們怎樣說明這種從「五四」觀點看來甚至顯得反動的後退？他的學者習慣對他後來的思想態度以及文學創作的關係如何？

可以把這段壓抑時期視為在再次奮進以前的短暫後退。似乎魯迅是沉浸在自己的傳統興趣裏消磨時間，又似乎是像過去那些亦學亦仕的文人在退隱時那樣，從為公眾的狀態退到私人消極無為的領域，等待著再次行動的適當時機。

林毓生就有這樣的看法，他把魯迅的學術研究工作歸之於他意識的「私人的、內在的」領域，並論證說：「它們僅僅是一些原料，魯迅從中為他的文學藝術吸取了形式和內容。它們對魯迅的藝術只有技巧的意義，在政治思想和道德判斷方面無本質意義。②」如此說來，魯迅從二十八歲到三十七歲的創作生涯（應是人生最好的年華）就被置於無足輕重的地位了。

關於魯迅這段時期的「精神過程」的材料也十分缺乏。從日記看，他經常去琉璃廠。按友人們的記述，他在教育部時是個很平靜的人，但決非百事不管。他對藝術欣賞和教育問題都有興趣，或許是由於蔡元培的影響。後來的傳記作者極力描寫魯迅當時的環境，如住所、過往的朋友、一些有關的人和事件等③。人們還重建了魯迅故居，特別是紹興會館。魯迅曾這樣描寫他的住處：

S會館裏有三間屋，相傳是往昔曾在院子裏的槐樹上縊死過一個女人的，現在槐樹已經高不可攀了，而這屋還沒有人住；許多年，我便寓在這屋裏鈔古碑。客中少有人來，古碑中也遇不到什麼問題和主義，而我的生命卻居然暗暗地消去了，這也就是我唯一的願望。夏夜，蚊子多了，便搖著蒲扇坐在槐樹下，從密縫裏看那一點一點的青天，晚出的槐蠶又每每冰冷地落在頭頸上。

（卷一，第四一八頁）

從這段話看，彷彿魯迅真是在那沉悶的角落裏消磨他那最好的年華，過一種孤獨的，力求打發掉的生活。

魯迅當時是否如他後來所宣佈的，通過「回到古代」而成功地「麻痺」了自己的靈魂呢？他後來創作的那許多小說證明：魯迅生活中的「過去」並不是蟄伏在他意識中的一個消極因素，相反，它在他的創作中積極地起著作用，如一片沃土，如催喚他的使者。同樣，我想說明，他「回到古代」而「消磨」掉的十年也不是消極無意義的。他對一批古籍的收集、比較、編校，是一種細緻的重新建設的行爲，他對那些模糊的石碑的努力識別、補充、解釋也是如此。

當然，這種特殊的知識分子嗜好也可以被認作是傳統學者的典型行爲，魯迅對版本的興趣也可能來自他從章太炎學「小學」的背景。但除了從十八世紀以來中國學者傳統累積下來的影響以外，魯迅的活動卻仍有其獨創之處。就是在大量的考據網絡中尋找新的見解，並確定新的起點。這種知識和學術活動爲他今後的創作活動暗中作了儲備，它們的作用，從他後來的文學成就中可以看得更清楚。

魯迅這些學術研究工作大都是獨自進行的，並不考慮能否得到公眾承認或出名。主要是個人靜思體驗，但其作用仍及於公眾。因此，我以爲魯迅在這段時間裏並未成功地「麻痹」了自己的靈魂，他實際上是抓住了這段精神壓抑的時間，從不斷累積的文化資源中建立某種可資參考的框架，在其中寄託他生存的意義。

他曾向許壽裳談過他對佛經教義的印象，說：「釋迦牟尼真是大哲，我平常對人生有許多難以解決的問題，而他居然大部分早已明白啓示了，真是大哲！④」他不選擇儒家經典中關於一般哲學思想問題的「大學」來研究，卻選擇了與之相反的「小學」，說明他不願意捲入那種教誨人的哲學體系。雖然如此，他仍然從這些古代經典中提出了許多哲學問題，這些是難於向那些一般考據學者要求的。

總之，魯迅這一時期獨自進行的思索，提供了後來文學創作的溫床。

一、《故事新編》的原型與創意

《故事新編》包括八篇故事，寫於一九二二年至一九三五年。各篇質量參差不齊，但作爲整體卻表現出一致的觀念。似乎魯迅作爲學者在研究了中國文化的往古以後，願意用一種現代小說家的激進態度來加以重新創作。因此，這本書也正是已經暗含在《中國小說史略》中某些主題的虛構性再創作。

這個集子最明顯的特點是：八個故事中沒有一個是取自「真正的」歷史的。有三個取自神話，兩個取自傳說，還有三個是傳說中的歷史人物。因此，從中國早期的定義看，它們可以稱爲「小說」，即信史與經典以外的東西。但魯迅還多走了一步，把這些非官方的材料服從於一個「虛構化」的創作過程。

他這種努力只有部分的成功，因爲在創作過程中，有時被當時的人或事「打岔」，改變了原來的藝術意圖。魯迅後來在《故事新編》的序中承認自己不應當「陷入油滑」，而「油滑」

正是「創作的大敵」⑤。（卷二，第三四一頁）

但是，魯迅最初的創作意圖還是應當受到讚美的。如第一篇故事《補天》，他原想通過一個創作的神話故事寫中國文化的緣起。爲了這個目的，他沒有選擇中國神話中開天闢地的盤古，卻選擇了修補破天和塑造初人的女媧。再者，他對這位女神的描寫也非常現代化，很像是克里姆特（Klimt）和畢亞茲萊（Beardsley）筆下的人物⑥。女媧的世界被描繪成具有原始的輝煌，是一個她可以在自由自在的性衝動中享受的世界。魯迅可能計畫將神話的自然和人的文化相對比，前者是完全自由和永恆美麗的領域，後者則在出現以後就代表著在歷史性的限制中文化「修飾」的積澱。這一觀念是和《中國小說史略》第二章關於神話和傳說的論述相一致的。

故事集中在女媧對人類的創造。魯迅本意是在賦予藝術創造一種佛洛伊德的解釋，這意圖他自己後來也說過⑦。二〇年代初他講授並撰寫小說史的時候，同時也在譯廚川白村的《苦悶的象徵》，這部作品中將佛洛伊德（S.Freud）的壓抑的「本我（id）」和柏格森的「生命的衝動」結合起來，成爲一種綜合的藝術創造理論。

據廚川的說法，藝術和文學的創作是兩種原型力量衝突的結果。一種力量是原始的自由的生命力，另一種是在不斷加強制度化的社會中的文化習俗的力量。因此，在這篇虛構化了的故事中，女媧顯然是生命力的體現。小說開始於她那自然的、自由的生活被她以前無意識地用泥土做成的人類攪擾了。這些小人兒很快就互相打仗，其中失敗者一族的領袖憤怒地以首觸山，撞倒了作爲天柱之一的不周山。於是天穹裂開一個大洞，把女媧從夢中驚醒，她只得用彩色的石頭去補天，爲此又在崑崙山上點燃起一場大火。最後，這位失去了生命力創造的女神終於在疲乏和厭煩中死去。

這篇神話故事由於在女媧兩腿之間出現了一個「小丈夫」而略有損傷。但是，雖然稍稍陷入了「油滑」，這個節外生枝的形象仍可視爲文明虛僞的表現，仍然適合於故事的整體框架。這是作者思想廣闊的證明。如果魯迅在其他幾篇故事中也能實現這樣的原意，他將給我們一套新的關於古中國的虛構化的神話。因爲，如這些故事的時序所表示，魯迅很可能有一個宏大的計畫，再建一個從最古老的神話直至許多先秦哲人的畫廊。但是，據我想，他只在第二篇故事《鑄劍》中實現了這一雄心，在此之後就始終未能保持這同一水平的藝術創造力。

《鑄劍》於一九二六年寫於廈門，當時他也生活於孤獨中，爲了排遣憂傷的情緒似乎又在研究古代文學，《鑄劍》的創作或許也受此啓發。第三篇《奔月》就不如《鑄劍》好，其中受到了惱恨高長虹的情緒干擾。其餘幾篇大多寫於一九三五年，當時他正陷於論戰之中，似乎已缺少有力的想像，已不能再掌握住早年那種創作力的沸騰。最後三篇寫著名哲人孔子、老子、墨子、莊子的，特別令人失望。

我想集中談談《鑄劍》。它既是集子裏技巧最高、召喚力量最強的篇章，從忠於原來傳統材料的意義上說，也是最具藝術真實性的一篇。但是，從原來材料的古代文字脈絡中，魯迅卻創造了一幅強有力的充滿象徵的獨創視象。特別是對兩個主要人物的刻畫，再次表現了魯迅衷心喜愛的那個主題——復仇。

故事主要來源是宋代雜集《太平御覽》中的《列異傳》，魯迅曾輯入《古小說鉤沉》。原文爲：

干將莫邪為楚王作劍，三年而成。劍有雄雌，天下名器也，乃以雌劍獻君，藏其雄者。謂其妻曰：「吾藏劍在南山之陰，北山之陽，松生石上，劍在其中矣。君若覺殺我。爾生男，以告之。」及至君覺，殺干將。妻後生男，名赤鼻，告之。赤鼻斫南山之松，不得劍；忽於屋柱中得之。楚王夢一人，眉廣三寸，辭欲報讎。購求甚急，乃逃朱興山中。遇客，欲為之報；乃刎首，將以奉楚王。客令鑊煮之，頭三日三夜跳不爛。王往觀之，客以雄劍倚擬王，王頭墮鑊中；客又自刎。三頭悉爛，不可分別，分葬之，名曰三王塚。

在虛構化過程中，魯迅把這篇簡短的速寫擴展成爲二十餘頁的敘事文，分爲四部分。第一部分寫眉間尺，寫他瞭解了父親的死因和決心復仇。第二部分寫他和那位陌生人的相遇。第三部分集中寫復仇行爲本身。第四部分是尾聲，寫葬禮。就這樣，雖然大體上仍按原來的文字順序，卻打亂了原來的時間框架，成爲明確劃分的幾個場景。前三部分每一場景的時間不過一天。這樣，就把傳統的故事變成了一篇四「幕」的散文劇，每幕高度緊張地集中於一個插曲。

第二個創造性的技巧是人物刻畫。在第一部分，用了相當的篇幅寫眉間尺柔弱無決斷的性格。這位少年主人翁看見一隻老鼠，並在無意間殺死了這個紅鼻子的小東西（原來故事中少年的名字叫赤鼻，老鼠的紅鼻子顯然是從這裏聯想出來的趣語）。殺死老鼠以前，少年一直在厭惡和憐憫兩種感情中動搖不定。這個優柔寡斷的少年是怎樣變成堅決的復仇者呢？魯迅在這裏並不使用心理分析，他只寫了一個宗教儀禮式的瞬間。當眉間尺從母親那裏知道了父親之死的實情，又找到了父親所鑄的那把劍和那件恰恰合身的藍衣服以後，可說是只在一夜之間就變了，變成了一個復仇者。

這主人翁是按照古代傳說的精神塑造得適合於他的角色的。換句話說，魯迅保留了原作的意味，是靠著給主人翁投以高模倣水平（a high mimetic plane）而不是現實主義小說中常用的低模倣方式（low mimetic mode）⑧。在第二、第三部分也用了同樣的宗教儀禮式的方式，由此，魯迅把復仇主題發展到了令人毛骨悚然的高潮。

在第二部分，他介紹了第二位主人翁：「一個黑色的人，黑鬚黑眼睛，瘦得如鐵。」這種人物刻畫具有史詩的內涵。陌生人被有意描繪成一個影子似的非現實形象。他復仇的動機和眉間尺的目的並無任何關係，也不是由於任何可解釋的價值觀。下面所引的兩個主人翁之間的對話就表現了這種解釋不清的動機：

「你麼？你肯給我報仇麼，義士？」

「啊，你不要用這稱呼來冤枉我。」

「那麼，你同情於我們孤兒寡婦？……」

「唉，孩子，你再不要提這些受了污辱的名稱。」他嚴冷地說：「仗義，同情，那些東西，先前曾經乾淨過，現在卻都成了放鬼債的資本。我心裏全沒有你所謂的那些，我只不過要給你報仇！」

……

「但你為什麼給我去報仇的呢？你認識我的父親麼？」

「我一向認識你的父親，也如一向認識你一樣，但我要報仇，卻並不為此。聰明的孩子，告訴你罷。你還不知道麼，我怎麼地善於報仇。你的就是我的；他也就是我。我的魂靈上是有這麼多的，人我所加的傷，我已經憎惡了我自己！」

（卷二，第四二五—四二六頁）

這位黑色的復仇者的語言表現了相當含混的憤世情緒，難於引起讀者的共鳴。他嗜好復仇似乎並無理性的根據，也並非指向哪一個特定的對象。他精神的憤怒只能寓意地理解，卻難說有什麼意思。這裏有著魯迅藝術的極端的「超現實主義」。

作者想描寫的，可說不多不少就是「復仇」本身這個哲學概念，其中滲透著深刻的犧牲與殉道的反論，這在魯迅的散文詩中發展得更充分。在這個故事裏，魯迅只是創造了一個原型形象，是從一個模糊的尼采樣板（查拉圖斯特拉）中取來的。爲了和原著相一致，他是一個宗教儀禮式的人物，不過原著中這個人物是突然的，就事論事地插入的，對於他的動機，原著故事中並未作解釋；在魯迅的小說中卻由於爲復仇行動創造了一個極其峻酷的場景，就更強化了復仇主題。

這是個血淋淋殘殺的景象，描寫事件極爲詳盡，因而顯得異常突出：三個被斫下的頭顱在金鼎中的沸水中浮游，兩個復仇者的頭和王的頭在鼎中互相追咬，直到全都模糊不可辨別。這絕對不像某些學者所說的那樣是想去表現一個健康的「反封建」主題⑨。這裏的復仇行爲和任何古代的或現代的社會現實都沒有關係，本質上只是「思辯的」。如果必須從這個故事裏找出什麼意義來，我們就只能從魯迅個人對於生與死、生活與藝術等重大問題的觀點中求得線索。這位與世界疏遠的復仇者對魯迅有某種特殊意義，就是：在外在的人道主義的姿態下，內心有一位復仇女神。

這一復仇的反論的複雜內涵，我將在別的章節中再談。《故事新編》這本書證明得最多的還是魯迅在虛構化中的藝術行爲：一方面，證明了魯迅觀點的天賦氣質；另方面，也證明了他對豐富的中國文化傳統中古典書籍巧妙的閱讀方式。從學術角度看，他對傳統材料的創造性的閱讀可以從他對魏晉文人，特別是對嵇康的研究中找到更多證明。

二、歷史轉折與反傳統

魯迅對嵇康的研究，可與他對古代小說的研究並列爲他學術上的兩大重要成就，這是大多數研究者一致的看法。這項研究從一九二二年即已開始，和開始小說研究的時間大體相同。在校勘了大量嵇康作品的版本以後，據說魯迅又對自己手訂的本子至少從頭到尾校正了三遍。這個本子直到他去世後一九三八年方才出版，五〇年代後期，又出版了附有旁注的魯迅手稿精裝影印本。它進一步證明了魯迅學術工作的艱苦和細緻。

但是，魯迅研究的爲什麼是嵇康？

許多友人認爲這是由於魯迅和嵇康在人格上有一致的地方。他們都有正義感，在思想上都不爲已被公認的權威思想所囿，都剛正不屈。後來王瑤的研究中又談了他們兩人在文章風格上相關的地方。研究者們還談到，魯迅因受章太炎的影響，對當時流行的以嚴復爲代表，空泛的桐城派文風是不滿意的，因此選擇了魏晉風格。嵇康的作品明白自然，這是魯迅所認爲的魏晉風格的兩個特色。他們還談到魯迅愛好嵇康甚於阮籍，是因爲嵇康的文章中有更多與舊說相反的新鮮思想。這意思是說：嵇康的文風正是他人格的反映，也是魯迅人格的反映，兩人的一致是顯而易見的。

這種解釋雖然也說得通，但從魯迅校輯的《嵇康集》的文字中卻無可證明。從他的旁注和勘誤，很難看出和嵇康的風格、爲人、以及魯迅的個人偏好有什麼關係。如果這些因素確曾在魯迅思想中閃遇，那麼，至少也會在他的其他有關文字中表現出來，但是從魯迅的序跋中我們卻只看到對版本的興趣。當然，魯迅對於嵇康所處的那個時代以及其同時代人如陶潛、阮籍、何晏、孔融等都是深感興趣的。因此，他對嵇康的興趣還是應當從他對整個魏晉時代的看法來評斷，或許更能說明問題。

魯迅的長文《魏晉風度及文章與藥及酒之關係》，是魯迅研究文學史的「文化——精神」方法的最好例證。在這篇文章中，他試圖透過社會環境和生活方式與文學的相互關係，來寫出整個時代的風氣。按他的觀點，魏晉文風明白自然的特色和當時的社會政治風氣是分不開的，它們反過來又形成了當時文人的生活作風和思想方式。魏晉文人發展爲一種美的藝術生活方式的服藥和飲酒，被魯迅視爲強調文學「通脫」風格的對應物。

與此同時，魯迅又論證魏晉文人那種反禮教的生活方式其實只是表面現象，他們實際上是試圖以此掩蓋他們被困擾的社會良心，以及與當權有力者相抵觸的潛在政治感。曹操，既是一位當權的大政治家也是一位文人，正是他，既倡導了新的自由的散文風格，又迫害了那些實行這種風格的人，如孔融等。在曹操以後，又有許多當權者繼續以正統禮教的名義迫害反禮教的文人。這些統治者為了獲取和鞏固政權，雖然自己早已違犯了許多道德規定，卻仍然特別強調孝道，指責嵇康等人為不孝。其實，和一般人的印象相反，嵇康等人倒是深信禮教的。魯迅指出：在嵇康反偶像崇拜的表面現象和他實際上在個人道德問題上深刻的保守性之間，存在一種奇怪的不協調。

從魯迅的觀察中可以得出的教訓似乎是人的脆弱性。他所描寫的那些文人不是英雄，卻大體上是悲劇的。魯迅並沒有把嵇康等人推崇為模範，也沒有用他們自喻。相反，魯迅是帶著反諷的超然把他們置於實際的歷史與人的關係之中的。魯迅指出，儘管他們在外表上是孤高傲世，精神上卻沒有一個人是能夠超脫塵俗，不考慮政治、社會和個人生死的。就是被稱為「田園詩人」的陶潛，也並不像他的詩中所顯示的那樣，能完全回歸到自然中去。

魯迅文章中更重要的主題是對人生意義和承擔義務的需要，以及紛擾轉折的時代對這種意義和義務的迫切要求。他挑選出三個人物來表現這一主題：孔融、嵇康、陶潛。各自都生活在一個朝代的末期。而且，除陶潛外，都是因政治迫害而死的犧牲者。魯迅所分析的嵇康思想和行為之間不協調的地方，特別反映出一個陷於轉折時代的人的精神痛苦。

在一個已確立的價值觀已被打破的時代，一個知識者怎樣決定他本身存在的價值？他怎樣理解周圍世界的紛擾？在輕易就會死去的情況下，他該怎樣做？這些是魯迅在概覽魏晉文學界情況中所浮現的根本問題。從某種意義說，這可能也是在那個思索與消沉的時期纏繞著魯迅本人的問題。正是在這種「哲學考慮」的情況下，魯迅透過歷史和文本，選取了嵇康這樣一個人物。

如果我們把上述問題置於魏晉時期歷史和文學背景上，也就能瞭解魯迅思想框架的某些輪廓了。按他的看法，魏晉時期是中國文學「自我覺醒的時期」，是由曹丕、曹植兄弟創始的一種「為藝術而藝術」的文學運動的開始。由此，對魏晉文人來說，文學在人生中是一個決定性的問題。人們可以論證說，曹氏兄弟（特別是曾植）對於推動認為藝術及其想像力可以帶來不朽令名概念的發展是發揮了重要作用的。這使魏晉文人認為文學創作比世俗功業的意義更大：可以確立一種高水準的想像力存在的領域。正是在這意義上，藝術家個人能夠面對那動蕩的社會環境所注定的死之必然性。他可以透過自己的藝術，將自己置於人或歷史時間之外。這樣做時，他可以達到一種在詩中可稱為「抒情視象」的超脫的形式。一般人認為將這一理想實現得最好的詩人是陶潛。

魯迅的看法則與此相反，他揭示出魏晉文人其實是相當痛苦的。他們發現了藝術和自我的價值，但這發現並不能證明一條精神解放和藝術超脫的道路，卻是個人心理上的雙重負擔。按魯迅的看法，死，始終是纏繞著從曹植到陶潛的所有魏晉文人的一個問題。他說：「那詩文完全超脫於政治的所謂『田園詩人』、『山林詩人』是沒有的。完全超出於人間世的，也是沒有的。既然是超出於世，則當然是連詩文也沒有。詩文也是人事，既有詩，就可以知道於世事未能忘情。」又說：「由是可知陶潛總不能超於塵世，而且，於朝政還是留心，也不能忘掉『死』，這是他詩文中時時提起的。」（卷三，第五一六頁）對陶潛這種與眾不同的看法，意味著魏晉文人的困境是來自他們不可能超越社會政治的泥淖。回歸自然或遁入藝術當然可以脫出困境，可惜他們並不能做到。

就這樣，魯迅否定了文學的自主獨立性，連同其所宣稱的不朽及超越人世在內。相反，或許文學中還存在著「詩人想像的無限性世界和詩人肉體的有限性時間存在之間，不可解決的緊張」⑩。魏晉文人的經驗更證明了這一緊張的內在的悲劇。魯迅似乎是說解脫之路是無法達到的，在藝術與生活中都是這樣。具有悖論意義的是：正是魏晉文人這種悲劇狀況打動了魯迅。

儘管是悲劇，魯迅仍然認爲魏晉風尚和文化要比儒家正統的僵化好。在所有這些思想知識的、審美的、以及精神因素的後面，當然有著莊子道家思想的形成力量。魯迅曾公開承認他的思想中了些莊子的毒，所以「時而很隨便，時而很峻急」（卷一，第二八五頁）。許壽裳和郭沫若也都談到過魯迅對莊子有所借鑑，包括他對寓言風格的愛好。另方面，魯迅也承認孔孟的書他雖然讀得最早最熟，受的影響卻不大，「似乎和我不相干」（卷一，第二八五頁）。

魯迅對傳統中國文化的趣味大體上是在「大傳統」以外。如前所述，對中國小說，他喜歡的是唐以前的，因爲其中較少儒家「大傳統」的影響。對詩，他喜歡的是屈原，也是一位與世疏遠，述說著自己心愛的形象和精神追求的詩人。對於散文，他喜歡的是嵇康、阮籍等的「古代風格」，認爲遠勝於全是儒家的唐宋八大家。和他在文學方面的「文化—精神」愛好相一致的是：他所作的學術研究也明顯地偏重於歷史轉折時期，特別是魏晉時期。他喜歡野史甚於正史，喜歡私人集子裏的「雜說」甚於官方統一的文集，以爲它們更有價值，更有趣味，使人對中國的過去瞭解得較爲真實。（卷三，第一三八至一三九頁）

所有這些他所愛好的思想，都可稱之爲中國文化中的「抗傳統」傾向，是反對，或在很大程度上遠離孔、孟、朱熹、王陽明所代表的儒家正統思想的。這種從研究傳統文學和文化中產生的「抗」的興趣，就是他作爲「五四」思想運動領袖之一的反偶像崇拜的態度之核心。他在北京時那些孤獨的日子裏，已經累積了足夠的「原料」，建立了精神「儲藏」，可以在「五四」文學陣地上以生動的創造性放射出來。因此，我認爲魯迅當時之沉浸於中國傳統是有積極意義的，爲他後來支持「五四」思想上的反傳統，和文學創作上、語言形式上的反舊習，提供了極重要的來源。

三、橫眉冷對千夫指

最後再談談魯迅寫作的舊體詩。這也和中國傳統文學有關。魯迅的舊體詩雖然大多寫於後期，在某種程度上卻和他的古小說研究佔有同等重要的地位，兩者都作爲思想的養分和藝術的補充，形成了他創作的「另一方面」。魯迅的古小說研究和他的小說創作關係密切，他的舊體詩和他那獨創散文詩的關係雖不那麼直接，也有許多可以相比之處。至少，人們會在其中發現，魯迅曾試圖用這種普遍承認的舊形式去表現一系列新的個人的衝突與緊張。

如所有受過傳統教育的知識分子一樣，魯迅青年時也寫舊體詩⑪。但是，儘管他是自覺主張新文學的，後來也一直在寫舊體詩。「五四」時期他寫過少量白話新詩，但那幾篇東西似乎只是偶然衝動下的戲作，只是用來和某些幼稚的東西開玩笑，如著名的《我的失戀》便是。顯然，魯迅在「五四」初期大量出現的新詩中並沒有找到和他的感受相合的東西，卻找到了舊體詩這種在舊文體中或許是限制性最大的形式來考驗自己的詩才。而且，就在他已經享有新文學領袖以及革命文學家的盛名以後，他繼續寫舊體詩，而且更多更好。爲此，我相信，正如他的學術研究一樣，他的舊體詩決不只是偶然的酬酢之作，它們也是他文學創造性的一個證明。

魯迅曾有一次很謙虛地表示過自己於舊詩「素未研究，胡說八道而已」，又說：「一切好詩，到唐已經做完，此後倘非能翻出如來掌心之『齊天大聖』，大可不必動手。（卷十二，第六一二頁）」這意味著寫舊體詩對他只不過是偶然的餘興而已，但並不排除他也如許多才華橫溢的前人一樣有著詩意的衝動。

一般公認魯迅是一位非常好的舊體詩人，所寫的六十餘首詩中有許多極佳的篇什，雖然有的比較難懂。他的舊體詩完全合乎韻律，喜愛的詩是屈原和李賀之作，也有人認爲他的詩是以杜甫爲範的。但是他的獨創性，我以爲或在於自舊體詩嚴格的格律限制及用典的情況下，運用新的意象並傳達新的意義。

爲了分析的方便，我們先從魯迅的一首短詩（《彷徨》題辭）說起：

寂寞新文苑，
平安舊戰場，
兩間餘一卒，
荷戟獨彷徨。

按照標準的中國解釋，這首詩描寫的是魯迅在文學革命高潮過去以後的心態。「新文苑」和「舊戰場」都指「五四」文學界。但「兩間」一詞卻使人有一種模糊空虛之感，這種感覺又由一位荷戟彷徨的戰士形象所加強。這是一個魯迅散文詩中常出現的形象（《這樣的戰士》舉著的就是一個和戟相似的標槍）。於是，原是表示歷史現實的東西卻轉化爲一種詩意的沉思。按照較積極的讀法，詩人可能是在「探索」一個新的文化目的，但詩篇中的失望情緒實際上給人的卻是一種「彷徨」的存在狀態。詩人正陷入一種新與舊、傳統與現代之間的「無人之境」，並徒然地尋找著意義。

魯迅在著名的《吶喊·自序》中曾把自己看做一個服從「五四」「將令」的小卒，但在將這個自我貶抑的政治思想姿態重新造成詩的自我形象時，卻擴大爲帶有「哲學」迴響的隱喻了：這個小卒被餘留下來獨自進行「無物」之戰，與生命的無意義作鬥爭。這和他寫作此詩時的壓抑情緒顯然是一致的。

人們都知道，這首詩和書名「彷徨」都取自屈原的詩意。魯迅在《彷徨》的首頁就引用了屈原的詩句「路漫漫其修遠兮，吾將上下而求索」。這個作爲《離騷》一條基線的，漫遊於旅途的求索主題，進一步說明了魯迅這首詩和集子裏小說的精神傾向。如許多研究者所已注意到的，屈原是魯迅詩的主要參考。魯迅詩中的那些花和樹的意象，特別證明了他受屈原的啓示。

魯迅也如屈原一樣喜歡寫自然景物，這是因爲在幻想的自然形象中可以寄託自己的「存在」。兩人的詩中效果都是隱喻，因爲他們詩中的景物如樹、花及其他「美的形象」都並不是真的自然，而是感情和價値的人格化。但是魯迅有意地把屈原式的花、樹形象從原來作爲參比的框架加以扭曲，使那似乎是借取來的形式轉向對現實的反諷評論，這就進一步地從屈原走向了「現代」。其結果是：美人香草式的詩篇傳達的卻是辛辣尖銳的當代感情。下面是兩個例子：

椒焚桂折佳人老，
獨托幽岩展素心。
豈惜芳馨遺遠者，
故鄉如醉有荆榛。

（《送O・E・君攜蘭歸國》，卷七，第一四三頁）

昔聞湘水碧如染，
今聞湘水胭脂痕。
湘靈妝成照湘水，
皎如皓月窺彤雲。
高丘寂寞竦中夜，
芳荃零落無餘春。
鼓完瑤瑟人不聞，
太平成象盈秋門。

（《湘靈歌》，卷七，第一四八頁）

兩首詩使人感到一種美麗的理想被污染，古時的天堂失落在當代現實中的印象。詩人哀嘆著這種失落，被遺留在一種存在主義的恐懼感中。第二首詩的最後數行，將屈原詩中「哀高丘之無女」的那種失落感轉向現代性的焦慮，變成「太平成象」中使人恐懼（竦）的寂寞。

關於屈原的傳說是人所共知的：一個被疏遠的愛國者，雖然已遭受拒絕和誤解，卻對自己的社會有強烈的責任感，自信能爲他服務。魯迅少年時《自題小像》中的「寄意寒星荃不察」，正是屈原這種社會政治思想的迴響。「荃」，在屈原詩中是指他的君主，在魯迅詩中是指他的國家的普通人民。這首早期的詩中已經顯示出魯迅關心自己的同胞，卻又深感不爲他們所理解的孤獨感。

如大多數評論者已注意到的那樣，詩人的感情是民族主義的。不過，如果我們把這幅早期的自我畫像和三十年後另一幅自我畫像《自嘲》相比較，就會發現，由於時間的推移，已經出現了某種不同的反諷。

運交華蓋欲何求，
未敢翻身已碰頭。
破帽遮顏過鬧市，

漏船載酒泛中流。
橫眉冷對千夫指，
俯首甘為孺子牛。
躲進小樓成一統，
管他冬夏與春秋。

（卷七，第一四七頁）

其中最受推崇並由毛澤東親自肯定了的是第三聯，即「橫眉冷對千夫指，俯首甘爲孺子牛」，被賦予對敵人堅強不屈，對人民則俯首服務的意義。但是作爲整體來讀這首詩，我們卻看到這堅強不屈的態度是暗含在一系列詩意典故的反諷口吻中的。

「華蓋」按魯迅的解釋是壞運氣，魯迅曾以此作爲他一九二五、一九二六年兩個雜文集的書名，那時正是他情緒低落的時候。「破帽遮顏過鬧市」有人解釋爲魯迅的政治警惕性和關心人身安全，這不一定對，相反，這個形象又使人回想到他作品中常有的孤獨者主題。只是在這個孤獨者身上已看不見他往日的天才和光輝。「過鬧市」還使人想起尼采對查拉圖斯特拉的描繪。「漏船載酒泛中流」雖然帶有一種不在乎的瀟灑態度，卻也是一種不安全的行爲。這兩聯參照了杜甫、杜牧的詩，卻和《赤壁賦》中載酒泛舟的樂趣大不相同。蘇軾的那種樂趣在「漏船」中是不可得的。

在詩的結尾，詩人堅強不屈的態度已不是指向外部的（政治或其他方面）敵人，而是轉向內部，希望躲進一座「小樓」（可以指他自己的家，也可以指內心精神之樓）去自成一統。「成一統」習慣上指新王朝建立，在這裏也有反諷意味。所以，照我看，這首詩是魯迅對自己往昔生活的溫和自嘲，說明在多次搖擺以後，他要退居到自己的寫作中去，到一個完全不顧他所在的舊俗世界的限制和節奏的藝術境界去了。

我對此詩的讀解並不一定恰當，但我們不能否認魯迅在「戰鬥」的自我以外還有另外一面。也如屈原一樣，他有某種與世界決裂回到自己世界的嚮往。在《離騷》中，詩人屈原在幻想的旅行中尋求美，最後還是回來帶著憂愁注視祖國。在《楚辭》的「遠遊」這一篇，詩人完全離開社會，進入自我實現的思辯的追求。魯迅既有興趣於屈原，自然也會將這種個人衝動提到詩的層次。

魯迅三〇年代寫的舊體詩較多，這有點費解，因爲這正是他在政治和論爭方面非常活躍的時期，似乎不應有寫舊體詩的餘暇心情。我想，這只能說是因爲他那些最好的詩並不是爲消遣而作的，卻含有深情和深刻的思想，這也就是他在短篇小說、散文詩和雜文中所表達的那些思想。

注釋

①見許廣平：《魯迅回憶錄》（一九六一年），第四二、四三頁。魯迅這段時期的生活人們所知甚少。近年發表的材料揭示的主要是外部環境而非他的內心狀況。許廣平的回憶雖然概略，且或有偏見（特別是對周作人），但由於寫了些魯迅的內心情緒，仍頗有參考價值。還可參閱一九七九年出版的《許廣平憶魯迅》，馬蹄疾編。

②林毓生：《中國意識的危機》，第一四〇頁。

③例如與王金發的料紛，在紹興以及在教育部時和有些同事的衝突，還有袁世凱等的不斷監視等。近期材料，可參閱《魯迅生平史料匯編》，卷三。

④許壽裳：《亡友魯迅印象記》。

⑤大多數中國研究者傾向於把這種「陷於油滑」的諷刺看做是對中國封建的罪惡（古代的和現代的）的革命的批評。關於《故事新編》這個集子，他們主要的論爭是在它究竟是諷刺的（因而也是政治思想的）作品還是歷史作品，卻沒有看到魯迅本人的意圖是想用一種新的、獨創的方式重述古代傳說，達到虛構藝術的程度。蘇聯學者克列伯索娃在《魯迅及其〈故事新編〉》（*Archiv Orientalni*，一九六〇年，第二八

期，第二三四頁）一文中，把八篇故事分爲兩部分，一部分的中心是「對於形成他的材料的來源的精心處理」，另一部分的「歷史事實往往只是他對當時問題諷刺或表達看法的儲備材料」，同樣沒有看到魯迅本人的意圖。

⑥魯迅對畢亞茲萊頹廢藝術的複雜態度是人所共知的。他曾爲畢亞茲萊的畫冊寫過「小引」，也在報刊上介紹過他。但魯迅也曾批評過畢亞茲萊的模倣者葉靈鳳。中國學者只強調魯迅推崇革命版畫家珂勒惠支。但魯迅對西方藝術的興趣範圍其實是很廣泛而且喜愛先鋒派的。雖然他可能並沒有見過古斯塔夫。克里姆特的畫，他的日記卻說明曾從內山書店購買了許多包括畢亞茲萊和夏戈（Marc Chagall）作品的書籍，也還有浮世繪的集子和裸體畫。見王觀泉：《魯迅美術繫年》第三〇、三四、六十、七二、八四、九五、一四四頁。

⑦見《故事新編》序。藝術創造中性衝動的含義在這篇故事中是可以明顯看出的。此外，在《我怎麼做起小說來》中也說過做這篇小說「原意是在描寫性的發動和創造，以至衰亡的」。

⑧「高模倣」、「低模倣」二詞是從弗萊（N.Frye）的《批評分析》（*Anatomy of Criticism*）一書中按弗萊的原意借用的。

⑨如《文藝報》一九五六年第四十五期的文章《如何理解〈故事新編〉的思想意義》就

是如此。近期東瑞的《魯迅〈故事新編〉淺析》（香港，一九七九年）曾對故事的結構組織作了某些分析，但仍離不開典型的政治意義的舊說。

⑩這是佛蘭高（Hans Frankel）論中國自然詩的看法。

⑪近來發現了較多據稱爲魯迅早期作品的舊體詩。這些詩顯得比較注重詞藻並有模倣痕跡，不大像是一位天才的創作家的文學習作。

影響魯迅的幾位人物：以《故事新編》為例

李歐梵

在魯迅的著作裏，我們是否能夠找到畢亞茲萊和珂勒惠支的影子？也許，更恰當的問題是：在魯迅的文學創作中，是否能夠找到類似西方現代藝術的形象？這個問題牽涉面甚廣，我無意在此詳細討論比較文學理論中的「影響」問題，也無意尋求魯迅受某作家影響的歷史痕跡，我的初步論點是：一個對世界文藝思潮非常關心的人，不可能不在他的作品中呈現某些與西方文藝契合的現象。目前不少中國學者已開始注意到所謂中西文學關係的檢討，我也順應時潮，舉出幾個粗淺的例子。

且從一個較大膽的小問題談起：魯迅的作品中有裸體美或裸體人物嗎？我第一個想到的例子就是《故事新編》的第一篇《補天》。在這篇充滿了神奇和幻想色彩的故事中，魯迅沒有特意指出或渲染女媧是否裸體，然而就全文的整個構思來看，她（魯迅原文中仍用舊稱——伊）是不可能穿衣服的，最多也不過身上披幾片雜花或紫藤而已，因爲這個原始的神話世界——女媧的所在地——恰和有了人類以後的虛僞文明成對比，這可能是魯迅創作的初意。女媧的形象如果有其哲學意義的話，她所體現的就是一種「真」（真、善、美是當時常用的三個字），她的「真」是毫無虛飾的，所以我認定她是裸體。這不禁使我想起維也納世紀末的克林姆特的一幅名畫《裸體的真理》（*Nuda Veritas*）。此畫一出，震撼了維也納學院畫派的不少衛道之士，認爲克氏用一個淫佚的裸體女人來代表真理，實在大逆不道。而在《補天》的文尾，女媧也碰到一個刺伊腳趾的小衛道之士，頂著一塊長方板，站在女媧兩腿之間向上看（這是一個非常帶有「色情」的位置），然後遞上手中的小竹片，背誦如流的說道：「裸裎淫佚，失德蔑禮敗變，禽獸行。國有常刑，惟禁！」說的卻是文言（而女媧所說的幾個短句都是白話）。魯迅的這種反傳統的方法，用一種裸體而帶有肉慾的形象來故意挑撥打擊道貌岸然之士，我認爲是和克林姆特異曲同工的，而克氏領導的維也納「分離畫派」也可視之爲現代藝術運動的開創者之一。

《補天》中幾段描寫，是略帶一點頹廢之美的，譬如開始的一段：「粉紅的天空中，曲曲折折的漂著許多條石綠色的浮雲……」；「地上都嫩綠了……桃紅和青白的斗大的雜花，在眼前還分明，到遠處可就成爲斑斕的煙靄了①」。如果一個畫家根據魯迅的文意爲此篇畫個插圖的話（而魯迅是非常喜歡看插圖的），真能保存其神韻的作品可能也和克里姆特和畢亞茲萊的畫風相差不遠，這當然是我個人的臆測，然而我的根據是，這兩位畫家都是以繪「尤物」著稱，他們用色彩（克林姆特所常用的金色和桃紅色）和線條（畢亞茲萊所常用的曲線和花紋），都創出了一個花彩繽紛的神奇之境，而這個境界的中心人物就是裸體或半裸體的女人。

我另外的一個根據是：二人對於「愛慾」（Eros）主題的重視，而裸體的尤物就是愛慾的化身，這一點是和魯迅《補天》中的一部分構思相通的，至於如何通法，這個問題比較複雜，我勢必在此作一個初步的解釋。

西方文藝史上「愛慾」是一個極爲重要的主題，希臘神話中的阿芙羅黛提（或作維納斯）就是愛慾的原型，在佛洛伊德（魯迅譯作茀羅特）學說提出之前，就受人重視（除了克林姆特和畢亞兹萊之外，還有華格納的歌劇和福婁拜晚期的小說，這些人較佛洛伊德較早或同時，並不一定受其影響），把這個主題與宗教上的苦修或中產階級文化的虛僞相對立，在佛洛伊德的學派理論中（如佛洛姆 Erich Fromm），愛慾不但和「利比多」（libido）連在一起而成爲人的「下意識」的一部分，而且（特別在佛洛伊德的後期學說中）往往形成一種博大的本能潛力，從人類的原始生命而來，和文明的上意識（或稱「超我」Super-ego）相抗衡。二十世紀的西方現代文藝在佛洛伊德普遍影響之下，更特別把它發揚光大，甚至和藝術的創造力相提並論。

魯迅當然知道佛洛伊德，但是他在這方面的知識大部分來自日本，特別是廚川白村的著作。廚川氏的《苦悶的象徵》一書，基本上是借用了佛洛伊德的學說，並滲雜一點柏格森的理論，然而，廚川氏強調的是一種受文明社會壓抑的「生命力」，這個生命力的說法相當模糊，甚至有點模稜兩可，我覺得他是把佛洛伊德學說中「利比多」（他認為就是性慾）和柏格森學說中的「唯生力」（Elan Vitale）湊合起來的東西，面對兩者的理論根源，講得並不清楚。然而廚川對於某些把佛洛伊德的精神分析法引用到文學領域的西方和日本學者並不滿意，認爲「多屬非常偏僻之談，或則還沒有絲毫觸著文藝上的根本問題②。（值得附帶一提的是，在魯迅譯文中，把廚川所引的一本書名中Erotic這個字譯作「色情的」，似乎帶了貶意，因為「色情」在中文白話詞彙裏並不是一個好字眼。）下面抄錄的是他的一個主要觀點，也直接影響了魯迅對佛洛伊德的看法：「但我最覺得不滿意的是他（即佛洛伊德）那將一切都歸在『性底渴望』裏的偏見。③」

這個看法，未免也太過片面，並不能概括佛洛伊德學說的全部，而至今仍有大部分人庸俗地認爲佛洛伊德學說就是專講性慾的學問，所以不道德。佛氏早年在診斷歇斯底里症的時候，確曾強調性慾或性的壓抑，但在他的中期和晚期著作中，事實上已經引伸到其他文化心理層次，此處不能細談。但妙的是廚川先生卻把早期佛氏有關性的學說淡化了，提出一個相當浮泛的論點：「以爲將這看作最廣的意義上的生命力的突進跳躍，是妥當的。」然後他又說：「著重於永是求自由求解放而不息的生命力，個性表現的慾望，人類的創造性，這傾向是最近思想界的大勢。④」

換言之，他把佛洛伊德學說中在下意識領域裏的「利比多」，去掉了它的性和愛慾成份，而變成一種帶有個人主義意味的自求解放的生命力，把它作爲文藝創作的起源，然後又借用佛氏學說中夢的理論，將之變成一種文學意象，成爲「廣義的象徵主義」，甚至說一切的文藝「無不在這樣的意義上用著象徵主義的表現法的。⑤」魯迅在他的引言中特別把這一句引出來，並大加稱讚廚川的「獨創力」。

以現今的學術標準來衡量，廚川的「象徵主義」和「生命力」說都有漏洞，有待商榷。然而值得注意的是，魯迅在他的許多作品中，的確實踐了廚川的論點，《野草》的大部分——特別是以夢爲開端的散文詩——都可以說是廚川式象徵主義的發揚光大。論《雷峰塔倒掉》的第一篇雜文，在主旨上可能也得自廚川學說的啓發，因爲魯迅把白蛇肯定爲一種生命力的化身，而壓在她身上的雷峰塔，就成了因襲道德和社會陳規的象徵。不過，在構思的發端最受廚川的佛洛伊德主義影響的無疑是《補天》，魯迅甚至明白的表示過：這篇文章是「取了茀羅特說，來解釋創造——人和文學——的緣起。⑥」

魯迅如何用佛洛伊德的方式來描繪文學的起源呢？這當然又是經由廚川氏的仲介。《苦悶的象徵》的末篇，就叫作《文學的起源》：廚川試圖從原始人對於宇宙星空的驚奇和對於衣食住行及性方面的欲求，來探討原始生命力的起源，他的詞句經由魯迅的硬譯顯得頗爲含糊，但大意仍可窺測出來：

> 生的躍動，使他們在有限界而神往於無限界，使他們希求絕大的慾望的充足的時候，這就生出原始宗教的最普通的形式的那天然神教和生殖器崇拜教來。倘將那因為

欲求受了制限壓抑而生的人間苦，和原始的宗教，更和夢和象徵，加了聯絡，思索起來，則聰明的讀者，就該明白文藝起源，究在那裏的罷。⑦

簡單地說，文藝的起源就在於原始宗教的祭儀，「從最為單純的原始狀態看起來，祈禱禮拜時候的心緒，和在文藝的創作鑑賞時候的心境，是這樣明白地有著一致，而且能夠看見共通性的。⑧」廚川氏的這一套說法，似是而非地淡化了佛洛伊德的思想，他沒有提到《圖騰和禁忌》和《文明及其不滿》這兩本佛洛伊德後期的重要著作，僅僅輕描淡寫地用比喻的語言說：「詩是個人的夢，神話是民族的夢。⑨」（事實上，榮格Carl Jung的《集體潛意識》學說就是在探討「神話是民族的夢」。）如果我們仔細研讀《補天》的開始幾節，就可以從魯迅的意象式的語言中看到廚川論點的影子：

女媧忽然醒來了。

伊似乎從夢中驚醒的，然而已經記不清做了什麼夢；只是很懊惱，覺得有什麼不足，又覺得有什麼太多了。煽動的和風，暖暖的將伊的氣力吹得瀰漫在宇宙裏。⑩

這顯然是一個神話式的夢。不過魯迅的用心之處還是可圈可點的：他試圖創造一個原始神話的意境，並刻畫一個原型——女媧；他不用眾所周知的盤古——一個男性的原型，而從古代典籍中找出一個女媧以泥土造人、煉五色石以補蒼天的故事來作爲基礎，這似乎有意捨陽而取陰（而《紅樓夢》中的石頭典故，也是從女媧爲始的「陰性神話」而來），原因何在，是值得揣測推敲的。

從美術的眼光來看，女媧的形象顯然較盤古更富「愛慾」的意味，我們可從魯迅的文章中窺見這種愛慾式的造型，特別是描寫女媧在「這肉紅色的天地間走向海邊，全身的曲線都消融在淡玫瑰似的光海裏，直到身中央才濃成一段純白⑪」這一段話，使人很容易聯想起西洋繪畫中維納斯的形象，而前面所引的女媧夢醒一段，也令我想到克里姆特筆下的裸體女性（譬如《魚血》和*Danae*），只是魯迅在字裏行間隱示了肉慾的美感的成份，而沒有故意渲染，也沒有把女媧描寫成莎樂美式的尤物。

在魯迅的筆下，女媧代表的是一個真善美的化身，一個原始的繆司（Muse），一個生活在神話世界裏而在不知不覺中開創藝術的女神，她的行爲就是一種生的躍動；在她的美境中，沒有人間的壓抑，而她的煩惱也是「莫名」的——無意識的，「覺得有什麼不足，又覺得有什麼太多了」——這種感覺是無法從理智的層面去解釋的，因爲就佛洛伊德派的說法，理智是有意識的，也屬於文明的「超我」，有壓抑作用，而本能的表現反而是「非理智」的（當然，我們又可以把這句話解釋作道家所謂的不足和有餘）。由此推來，魯迅顯然想從女媧的神話探討文藝的起源，但是他沒有進一步把女媧變成愛慾的原型，而就佛洛伊德的理論來說，愛慾才是藝術的原動力！也許，在廚川影響之下，魯迅沒有在這方面下功力，而對廚川所謂「生命力」的描繪也嫌不足，如果沒有對愛慾和生命力的充分描繪，也就很難襯托出「超我」文明的壓抑作用，更不能勾繪出藝術的誕生。

所以，我認為魯迅自己對這一篇的評價是頗恰當的：他的筆在創出一個小正人君子以後，就變得油滑起來，使我們從神話掉到現實世界，否則他大可以從佛洛伊德的學說靈感中蘊育出一個真正了不起的《故事新編》，如果他真正消化了佛洛伊德的學說（特別是佛氏後期的作品如《文明及其不滿》）而不過分信奉廚川的半吊子理論，我認為他可以大膽地把女媧的故事寫成一個中國式的「愛慾」神話，至少他可以寫出一個對文明社會的諷刺故事：女媧無意間創出人類以後，就天下大亂，致使她原始的生命力也受到文明的摧殘和窒息，終於衰微死去。事實上，我們已經在這篇不盡完善的作品中看到這個故事原型的輪廓，當魯迅油滑地諷刺小正人君子的時候，也使我們感到神話世界和文明世界不調和的對比。女媧雖然死去，她畢竟還是很可愛的。

《補天》只是一個比較特別的例子，我提出來的目的，只是證明魯迅如何吸取外來學說，而以一種現代藝術的眼光重新審視傳統的中國神話，他的嘗試並不完全成功。然而，在他的《野草》集裏，我們可以找到更成功——也更現代——的作品。

（錄自本社出版之李歐梵《鐵屋中的吶喊》）

注釋

①魯迅：《補天》、《故事新編》，《魯迅全集》，卷二，第三四五頁。

②廚川白村（魯迅譯）：《苦悶的象徵》，《魯迅全集》，人民文學出版社，一九七三年，卷十三，第三十九頁。

③同上，第四十二頁。

④同上，第四十三頁。

⑤同上，第五十一頁。魯迅在引言中特別引了這一個論點，見第十八頁。

⑥魯迅：《序言》，《故事新編》，《魯迅全集》，一九八一年，卷二，第三四一頁。

⑦《苦悶的象徵》，第一二五頁。

⑧同上，第一二七頁。

⑨同上，第一二七頁。關於廚川的學說與魯迅的關係，從一個不同角度批判的文章，可參看：顧農：《魯迅與〈苦悶的象徵〉》，《魯迅研究資料》，第十三期，天津人民出版社，一九八四年，第二三五至二四八頁。此文的主要論點是，廚川的觀點是「唯

心主義」的，它的象徵論是很偏頗的，但該書仍有些許可取之處。而我的看法是，此書對佛洛伊德的學說沒有深刻的瞭解，但對魯迅卻頗有啓發。妙的是該書所引的資料多出自英美（而非蘇俄或東歐）的文學作品，與魯迅本人的文學取向頗爲不同。

⑩《補天》，第三四五頁。

⑪同上，第三四五至三四六頁。

魯迅年表

一八八一年

九月二十五日（農曆八月初三日）出生於浙江省紹興府會稽縣東昌坊口周家。取名樟壽，字豫山，後改名樹人，字豫才；一九一八年發表小說《狂人日記》時始用筆名「魯迅」。

一八八七年　六歲

入家塾，從叔祖玉田讀書。

一八九二年　十一歲

入三味書屋私塾，從壽鏡吾先生讀書。

一八九三年　十二歲

秋，祖父周介孚因科場案入獄。魯迅被送往外婆家暫住，接觸了一些農民生活，與農民的孩子建立了純真的感情。

一八九四年　十三歲

春，回家，仍就讀於三味書屋。

冬，父周伯宜病重。為求醫買藥，常出入於當鋪、藥店。

一八九六年　十五歲

十月，父周伯宜病故，終年三十七歲。

一八九八年　十七歲

五月，往南京考入江南水師學堂求學。

十月，因不滿水師學堂的腐敗、守舊，改考入江南礦路學堂（全稱為「江南陸師學堂附設礦務鐵路學堂」）。魯迅這時受了康梁維新的影響，又讀到了《天演論》等譯著，開始接受進化論與民主思想。

一九〇一年　二十歲

繼續在礦路學堂求學。十一月，到青龍山煤礦實習。

一九〇二年　二十一歲

一月，從礦路學堂畢業。

四月，由江南督練公所派往日本留學，入東京弘文書院學習日語。

十一月，與許壽裳、陶成章等百餘人在東京組成浙江同鄉會，決定出版《浙江潮》月刊。課餘積極參加當時愛國志士的反清革命活動。

一九〇三年　二十二歲

三月，剪去髮辮，攝「斷髮照」，並題七絕詩〈靈台無計逃神矢〉一首於照片背後贈許壽裳。

六月，在《浙江潮》第五期發表〈斯巴達之魂〉與譯文〈哀聖〉（法國雨果的隨筆）。

十月，在《浙江潮》第八期發表〈說鍚〉與〈中國地質論〉。所譯法國凡爾納的科學小說《月界旅行》由東京進化社出版。

十二月，所譯凡爾納科學小說《地底旅行》第一、二回在《浙江潮》第十期發表，該書的全譯本後於一九〇六年由南京城新書局出版。

一九〇四年　二十三歲

四月，在弘文書院結業。

九月，入仙台醫學專門學校求學。魯迅後來在講到自己學醫的動機時說：「我的夢很美滿，預備卒業回來，救治像我父親般被誤的病人的疾苦，戰爭時候便去當軍醫，一面又促進了國人對於維新的信仰。」（《吶喊．自序》）

一九〇六年　二十五歲

一月，在看一部反映日俄戰爭的幻燈片時深受刺激：一個體格健壯的中國人被日軍指爲俄探，砍頭示衆，而被殺者與圍觀的中國人卻都神情麻木，魯迅由此而感到要拯救中國，「醫學並非一件緊要事」，更重要的是「改變他們的精神」，於是決定棄醫從文，用文藝來改變國民精神。

三月，從仙台醫學專門學校退學，到東京開始從事文藝活動。

夏秋間，奉母命回紹興與山陰縣朱安女士完婚。婚後即返東京。

一九〇七年　二十六歲

夏，與許壽裳等籌辦文藝雜誌《新生》，未實現。

冬，作《人之歷史》、《科學史教篇》、《文化偏至論》、《摩羅詩力說》，都發表在河南留學生主辦的《河南》月刊上。

一九〇八年　二十七歲

加入反清秘密革命團體光復會（一說一九〇四年）。

繼續爲《河南》月刊撰稿，著《破惡聲論》（未完），翻譯匈牙利籢息的《裴彖飛詩論》。

一九〇九年　二十八歲

夏，與許壽裳、錢玄同、周作人等請章太炎在民報社講解《說文解字》。

三月，與周作人合譯《域外小說集》第一冊出版；七月，出版第二冊。

八月，結束日本留學生活，回國，任杭州浙江兩級師範學堂生理學、化學教員。

一九一〇年　二十九歲

九月，改任紹興府中學堂生物學教員及監學。授課之餘，開始輯錄唐以前的小說佚文（後彙成《古小說鉤沉》）及有關會稽的史地佚文（後彙成《會稽郡故書雜集》）。

一九一一年　三十歲

十月，辛亥革命爆發；十一月，杭州光復。為迎接紹興光復，魯迅曾率領學生武裝演說隊上街宣傳革命，散發傳單。紹興光復後，以王金發為首的紹興軍公政府委任魯迅為浙江山會初級師範學堂監督。

文言短篇小說《懷舊》作於本年。

一九一二年　三十一歲

一月三日，在《越鐸日報》創刊號上發表〈《越鐸》出世辭〉。

二月，辭去山會初級師範學堂監督職，應教育總長蔡元培邀請，到南京任教育部部員。

五月，隨臨時政府遷往北京，任教育部僉事與社會教育司第一科科長。

一九一三年　三十二歲

二月，發表《儗播布美術意見書》。

六月下旬，回紹興省母，八月上旬返京。

十月，校錄《稽康集》，並作〈稽康集·跋〉。

一九一四年　三十三歲

四月起，開始研究佛學。

十一月，輯《會稽故書雜集》成，並作序文。

一九一五年　三十四歲

九月一日，被教育部任命爲通俗教育研究會小說股主任。

本年開始在公餘搜集、研究金石拓本，尤側重漢代、六朝的繪畫藝術。

一九一六年　三十五歲

公餘繼續研究金石拓本。

十二月，母六十壽，回紹興。次年一月回北京。

一九一七年　三十六歲

七月三日，因張勳復辟，憤而離職；亂平後，十六日回教育部工作。

一九一八年　三十七歲

四月二日，《狂人日記》寫成，這是我國新文學中的第一篇白話小說，發表於五月號《新青年》，始用「魯迅」的筆名。
七月二十日，作論文《我之節烈觀》，抨擊封建禮教，發表於八月出版的《新青年》。
九月開始，在《新青年》「隨感錄」欄陸續發表雜感。
冬，作小說《孔乙己》。

一九一九年　三十八歲

四月二十五日，作小說《藥》。
六月末或七月初，作小說《明天》。
八月十二日，在北京《國民公報》「寸鐵」欄用筆名「黃棘」發表短評四則。
八月十九日至九月九日，在《國民公報》「新文藝」欄以「神飛」爲筆名，陸續發表總題爲〈自言自語〉的散文詩七篇。
十月，作論文《我們現在怎樣做父親》。
十二月一日至二十九日，返紹興遷家，接母親、朱安和三弟建人至北京。
十二月一日，發表小說《一件小事》。

一九二〇年　三十九歲

八月五日，作小說《風波》。

八月十日，譯尼釆《察拉圖斯特拉的序言》畢，發表於九月出版的《新潮》第二卷第五期。

本年秋開始兼任北京大學、北京高等師範學校講師。

一九二一年　四十歲

一月，作小說《故鄉》。

二、三月，重校《嵇康集》。

十二月四日，所作小說《阿Q正傳》在北京《晨報副刊》開始連載，至次年二月二日載畢。

一九二二年　四十一歲

二月，發表雜文〈估《學衡》〉，再校《嵇康集》。

五月，譯成愛羅先珂的童話劇《桃色的雲》，次年由上海商務印書館出版；與周建人、周作人合譯的《現代小說譯叢》，由上海商務印書館出版。

六月，作小說《白光》、《端午節》。

十一月，作歷史小說《不周山》（後改名《補天》）。

十二月，編成小說集《吶喊》，並作〈自序〉，次年由北京新潮社出版。

一九二三年　四十三歲

六月，與周作人合譯的《現代日本小說集》由上海商務印書館出版。

七月，與周作人關係破裂；八月二日租屋另住。

九月十七日開始，在北京世界語專門學校講授中國小說史，至一九二五年三月結束。

十二月，《中國小說史略》上冊由北京新潮社出版。

十二月二十六日，在北京女子師範大學講演，題為〈娜拉走後怎樣〉。

本年秋季起，除在北大、北師大兼任講師外，又兼任北京女子高等師範學校講師。

一九二四年　四十三歲

一月十七日，在北京師範大學作題為〈未有天才之前〉的講演。

二月作小說《祝福》、《在酒樓上》、《幸福的家庭》。

三月，作小說《肥皂》。

六月，《中國小說史略》下冊由北京新潮社出版。該書次年九月合成一冊由北京北新書局出版。

七月，應西北大學與陝西教育廳之邀，赴西安講學，講題為〈中國小說的歷史的變遷〉。

八月十二日返京。

九月開始寫〈秋夜〉等散文詩，後結集爲散文詩集《野草》。

十月，譯畢日本廚川白村的《苦悶的象徵》。本年十二月由北京新潮社出版。

十一月十七日，《語絲》周刊創刊，魯迅爲發起人與主要撰稿人之一。創刊號上刊出魯迅的雜文《論雷峰塔的倒掉》。

一九二五年　四十四歲

從一月十五日起，以〈忽然想到〉爲總題，陸續作雜文十一篇，至六月十八日畢。

二月二十八日，作小說《長明燈》。

三月十八日，作小說《示眾》。

三月二十一日，作散文《戰士與蒼蠅》，對誣蔑孫中山先生的無恥之徒作了猛烈的抨擊。魯迅後來在《集外集拾遺·這是這麼一個意思》中談到這篇散文時說：「所謂戰士者，是指中山先生和民國元年前後殉國而反受奴才們譏笑糟蹋的先烈；蒼蠅則當然是指奴才們。」

五月一日，作小說《高老夫子》。

五月十二日，出席北京女子師範大學學生自治會召開的師生聯席會議，支持學生反對封建家長式統治的正義鬥爭。

八月十四日，被段祺瑞政府教育總長章士釗非法免除教育部僉事職。八月二十二日，魯迅向平政院投交控告章士釗的訴狀。次年一月十七日，魯迅勝訴，原免職之處分撤銷。

十月，作小說《孤獨者》、《傷逝》。

十一月，作小說《弟兄》、《離婚》。

十一月三日，編定一九二四年以前所作之雜文，書名《熱風》，本月由北京北新書局出版。

十二月，所譯日本廚川白村的文藝論集《出了象牙之塔》由北京未名社出版。

十二月二十九日，作論文《論「費厄潑賴」應該緩行》。

十二月三十一日，編定雜文集《華蓋集》，並作〈題記〉，次年六月由北京北新書局出版。

一九二六年　四十五歲

二月二十一日，開始寫作回憶散文《狗・貓・鼠》等，後結集爲回憶散文集《朝花夕拾》，一九二八年九月由北京未名社出版。

三月十日，作《孫中山先生逝世後一周年》，頌揚孫中山先生的革命精神。

三月十八日，段祺瑞政府槍殺愛國請願學生的「三一八慘案」發生。爲聲援愛國學生，揭露軍閥政府的暴行，魯迅陸續寫作了《無花的薔薇之二》、《死地》、《紀念劉和珍君》等雜文、散文多篇。因遭北洋軍閥政府通緝，曾被迫離寓至山本醫院、德國醫院等處避難十餘日。

八月一日，編《小說舊聞鈔》，作序言，當月由北京北新書局出版。

八月二十六日，應廈門大學邀請，赴任該校國文系教授兼國學研究院教授，啓程離北京。許廣平同車離京，赴廣州。

八月，小說集《徬徨》由北京北新書局出版。

九月四日，抵廈門大學。

十月十四日，編定雜文集《華蓋集續編》，並作〈小引〉，次年由北京北新書局出版。

十月三十日，編定論文與雜文合集《墳》，並作〈題記〉，次年三月由北京未名社出版。

十二月，因不滿於廈門大學的腐敗，決定接受中山大學的聘請，辭去廈門大學的職務。

十二月三十日，作歷史小說《奔月》。

一九二七年　四十六歲

一月十六日離廈門，十九日到廣州中山大學，出任該校文學系主任兼教務主任。

二月十八日，應邀赴香港講演，講題爲〈無聲的中國〉和〈老調子已經唱完〉，二十日回廣州。

四月八日，在黃埔軍官學校講演，題爲〈革命時代的文學〉。

四月十五日，爲營救被捕的進步學生，參加中山大學系主任會議，無效，於二十九日提出辭職。

四月二十六日，編散文詩集《野草》成，作〈題辭〉。七月，該書由北京北新書局出版。

七月二十三日，應邀在廣州暑期學術講演會上發表題爲〈魏晉風度及文章與藥及酒之關係〉的講演。

八月二十二日至二十四日，編《唐宋傳奇集》成，由北京北新書局在本年十二月及次年二月分上下冊出版。

九月二十七日，偕許廣平乘輪船離廣州，十月三日抵達上海，十月八日開始同居生活。

十二月十七日，《語絲》周刊被奉系軍閥封閉，由北京移至上海繼續出版，魯迅任主編，次年十一月辭去主編職。

十二月二十一日，應邀在上海暨南大學演講，題為〈文藝與政治的歧途〉。

一九二八年　四十七歲

二月十一日，譯日本板垣鷹穗的《近代美術思潮論》畢，次年由上海北新書局出版。

二月二十三日，作文藝評論《「醉眼」中的朦朧》。

四月三日，譯日本鶴見佑輔隨筆集《思想·山水·人物》畢，次年五月由上海北新書局出版。

六月二十日，與郁達夫合編的《奔流》月刊創刊。

十月，雜文集《而已集》由上海北新書局出版。

一九二九年　四十八歲

二月十四日，譯日本片上伸的論文《現代新興文學的諸問題》畢，並作〈小引〉，本年四月由上海大江書鋪出版。

四月二十二日，譯蘇聯盧那察爾斯基的論文集《藝術論》畢並作〈小引〉，本年六月由上海大江書鋪出版。

四月二十六日，作〈《近代世界短篇小說集》小引〉。該書由魯迅、柔石等編譯，分兩冊，先後於本年四月、九月由上海朝花社出版。
五月十三日，離上海北上探親，十五日抵北平。在北平期間，先後應燕京大學、北京大學第二院、北平大學第二師範學院等院校之邀講演。六月三日啓程南返，五日抵滬。
八月十六日，譯蘇聯盧那察爾斯基的論文集《文藝與批評》畢，本年十月由上海水沫書店出版。
九月二十七日，子海嬰出生。
十二月四日，應上海暨南大學之邀，前往講演，題爲〈離騷與反離騷〉。

一九三〇年　四十九歲

一月一日，《萌芽月刊》創刊，魯迅爲主編人之一。
二月八日，《文藝研究》創刊，魯迅主編，並作〈《文藝研究》例言〉。這個刊物僅出一期。
二月至三月間，先後在中華藝術大學、大夏大學、中國公學分院作演講，共四次，題目分別爲〈繪畫漫論〉、〈美術上的現實主義問題〉、〈象牙塔與蝸牛廬〉和〈美的認識〉。
三月二日，中國左翼作家聯盟（簡稱「左聯」）成立，在成立大會上發表〈對於左翼作家聯盟的意見〉的演講，並被選爲執行委員。

三月十九日，得知被政府通緝的消息，離寓暫避，至四月十九日。

五月八日，譯完蘇聯普列漢諾夫《藝術論》，並爲之作序，本年七月由上海光華書局出版。

八月三十日，譯蘇聯阿·雅各武萊夫小說《十月》成，並作後記，一九三三年二月由上海神州國光社出版。

九月二十五日爲魯迅五十壽辰（虛歲）。文藝界人士十七日舉行慶祝會，魯迅出席。

九月二十七日，編德國版畫家梅斐爾德的《士敏土之圖》畫集成，並爲之作序。次年二月以三閑書屋名義自費印行。

十一月二十五日，修訂《中國小說史略》畢，並作〈題記〉。修訂本次年七月由上海北新書局出版。

十二月二十六日，譯成蘇聯法捷耶夫的小說《毀滅》，次年九月由上海大江書鋪出版，十月以三閑書屋名義再版。

一九三一年　五十歲

一月二十日，因「左聯」五位青年作家被捕而離寓暫避，二十八日回寓。五位青年作家遇難後，魯迅在「左聯」內部刊物上撰文，並為美國《新群眾》雜誌作〈黑暗中國的文藝界的現狀〉。

四月一日，校閱孫用譯匈牙利裴多菲的長詩〈勇敢的約翰〉畢，並為之作〈校後記〉。

七月二十日，校閱李蘭譯美國馬克・吐溫的小說《夏娃日記》畢，並於九月二十七日為之作〈小引〉。

九月二十一日，就「九一八」事變，發表《答文藝新聞社問》，揭露日本帝國主義的侵略野心。

十二月二十七日，作文藝評論《答北斗雜誌社問》。

一九三二年　五十一歲

一月三十日，因「一二八」戰事，寓所受戰火威脅而離寓暫避，三月十九日返寓。

二月三日，與茅盾、郁達夫等共同簽署《上海文化界告全世界書》，抗議日本帝國主義的侵華暴行。

四月二十四日，雜文集《三閑集》編成，並作序，本年九月由上海北新書局出版。

四月二十六日，雜文集《二心集》編成，並作序，本年十月由上海合眾書店出版。

九月，編集與曹靖華等合譯的蘇聯短篇小說兩冊，一冊名《豎琴》，另一冊名《一天的工作》，各作〈前記〉與〈後記〉，二書均於一九三三年由上海良友圖書公司出版。一九三六年再版時合爲一冊，改名爲《蘇聯作家二十人集》。

十月十日，作文藝評論《論「第三種人」》。

十月二十五日，作文藝評論《爲「連環圖畫」辯護》。

十一月九日，因母病北上探親，十三日抵北平。在北平期間，先後應北京大學第二院、輔仁大學、女子文理學院、北京師範大學與中國大學之邀前往講演，講題分別爲〈幫忙文學與幫閑文學〉、〈今春的兩種感想〉、〈革命文學與遵命文學〉、〈再論「第三種人」〉和〈文力與武力〉。三十日返抵上海。

十二月十四日，作〈《自選集》自序〉。《魯迅自選集》於次年三月由上海天馬書店出版。

十二月十六日，編定《兩地書》（魯迅與許廣平的通信集）並作序，次年四月由上海北新書局以「青光書局」名義出版。

十二月，與柳亞子等聯名發表《中國著作家爲中蘇復交致蘇聯電》。

一九三三年　五十二歲

一月六日，出席中國民權保障同盟臨時執行委員會會議，被推舉爲上海分會執行委員。

二月七、八日，作散文《爲了忘卻的紀念》。
二月十七日，在宋慶齡寓所參加歡迎英國作家蕭伯納的午餐會。
三月二十二日，作〈英譯本《短篇小說選集》自序〉。
五月十三日，與宋慶齡、楊杏佛等赴上海德國領事館，遞交《爲德國法西斯壓迫民權摧殘文化的抗議書》。
五月十六日，作雜文《天上地下》。
六月二十六日，作雜文《華德保粹優劣論》。
六月二十八日，作雜文《華德焚書異同論》。
七月十九日，雜文集《僞自由書》編定，作〈前記〉，三十日作〈後記〉，本年十月由上海北新書局以「青光書局」名義出版。
七月七日，與美國黑人詩人休斯會晤。
八月二十七日，作文藝評論《小品文的危機》。
九月三日，世界反對帝國主義戰爭委員會在上海召開遠東會議，魯迅被推選爲主席團名譽主席，但未能出席會議。
十二月二十五日，爲葛琴的小說集《總退卻》作序。

十二月三十一日，雜文集《南腔北調集》編定，並作〈題記〉，次年三月由上海聯華書局以「同文書局」名義出版。

一九三四年　五十三歲

一月二十日，爲所編蘇聯版畫集《引玉集》作〈後記〉，本年三月以「三閑書屋」名義自費印行。

三月十日，編定雜文集《准風月談》作〈前記〉，十月二十七日作〈後記〉，本年十二月由上海聯華書局以「興中書局」名義出版。

三月二十三日，作《答國際文學社問》。

五月二日，作文藝評論《論「舊形式的採用」》。

六月四日，作雜文《拾來主義》。

七月十八日，編定中國木刻選集《木刻紀程》並作〈小引〉，本年八月由鐵木藝術社印行。

八月一日，作散文《憶劉半農君》。

八月九日，編《譯文》月刊創刊號，任第一至第三期主編，並作〈《譯文》創刊前記〉。

八月十七至二十日，作論文《門外文談》。
八月，作歷史小說《非攻》。
十一月二十一日，爲英文月刊作雜文《中國文壇上的鬼魅》。
十二月二十日，編定《集外集》，作序言。本書次年五月由群眾圖書公司出版。

一九三五年　五十四歲

一月一日至十二日，譯成蘇聯班台萊夫的兒童小說《錶》，本年七月由上海生活書店出版。
二月十五日，著手翻譯俄國果戈里的小說《死魂靈》第一部，十月六日譯畢，本年十一月由上海文化生活出版社出版。
二月二十日，《中國新文學大系・小說二集》編選畢，並爲之作序。本年七月由上海良友圖書印刷公司出版。
三月二十八日，作〈田軍作《八月的鄉村》序〉。
四月二十九日，爲日本改造社用日文寫《在現代中國的孔夫子》。
六月十日起陸續作以〈題未定草〉爲總題的雜文，至十二月十九日止，共八篇。
八月八日，爲所譯高爾基《俄羅斯的童話》作〈小引〉，該書十月由上海文化出版社出版。

十一月十四日，作〈蕭紅作《生死場》序〉。

十一月二十九日，作歷史小說《理水》畢。

十二月二日，作文藝評論《雜談小品文》。

十二月，作歷史小說《采薇》、《出關》、《起死》；與前作《補天》、《奔月》、《鑄劍》、《理水》、《非攻》一起彙編成《故事新編》，本月二十六日作序，次年一月由上海文化生活出版社出版。

十二月三十日，作《且介亭雜文》序及附記，十二月三十一日，作《且介亭雜文二集》序及後記；本月還曾著手編《集外集拾遺》，因病中止。

一九三六年　五十五歲

一月二十八日，《凱綏・珂勒惠支版畫選集》編定，並作〈序目〉，本年五月自費以三閑書屋名義印行。

二月二十三日，爲日本改造社用日文寫《我要騙人》。

三月二日，肺病轉重，量體重，僅三十七公斤。

三月下旬，扶病作〈《海上述林》上卷序言〉，四月底，作〈《海上迷林》下卷序言〉。

該書署「諸夏懷霜社教印」，上卷於本年五月出版，下卷於本年十月出版。

四月十六日，作雜文《三月的租界》。

六月九日，作《答托洛斯基派的信》。

八月三日至五日，作《答徐懋庸並關於抗日統一戰線問題》。

九月五日，作散文《死》。

十月八日，往青年會參觀第二次全國木刻流動展覽會，並與青年木刻藝術家座談。

十月九日，作散文《關於太炎先生二三事》。

十月十七日，執筆寫作一生中最後的一篇作品《因太炎先生而想起的二三事》，未完篇輟筆。

十月十九日晨三時半，病勢劇變，延至五時二十五分病逝於上海。

海明威經典代表作

文/海明威 25K (平裝)

戰爭、勇氣、死亡、搏鬥是海明威作品的恆常主題，而愛情則是他所嚮往的唯一救贖。海明威作品特色為：文字簡單，寓意深遠。不只風靡美國，也風靡全世界。與海明威同為廿世紀美國文學巨擘、也榮獲諾貝爾文學獎的福克納對他推崇備至，稱譽海明威的作品是「文學界的奇蹟」。

書目

戰地春夢 /280元
戰地鐘聲 /340元
老人與海·雪山·春潮 /180元
沒有女人的男人 /180元
尼克的故事 /280元
勝利者一無所獲 /180元

全套共6冊 原價1,440元
套書特價1,224元

★ 輕薄短小的故事集 微經典西洋小說

編譯/ 盛文林

集結眾多中外知名作家的短篇文集所成，包括日本諾貝爾文學獎得主川端康成、法國「短篇小説之王」莫泊桑以及美國的幽默大師馬克·吐溫等知名大師級的名作。看似微不足道的生活小事，卻隱藏著深刻的故事深意。透過作者精簡洗練的妙筆，發現你我身邊的細微末節，撲朔迷離的佈局、充滿疑竇的情節；不可思議的結果、人性真實的顯露，給你讚不絕口的全新感受！牽引你每一根神經，勾動你每一條心弦！

書目 出乎意料的結局 / 花園裡的獨角獸 / 在一連串怪事的背後
貓兒眼 / 忠犬與狼王 / 金雕與獅王 / 航向不可知之境 / 遠征

名作經典推薦

《白牙》是一部傑出的動物小説，多次被影視、動畫界青睞的題材。白牙出生在冰天雪地的加拿大西北原始荒野中，自母親傳承而來的四分之一狗的血液，使牠兼具狼的野性與狗的忠誠。 從人的身上，白牙習得了憎恨與殘暴。生活只是不斷戰鬥的煉獄。但同樣地，白牙也從人的身上習得了珍貴的愛，史考特付出的疼愛，讓白牙徹底改變了，牠的生命不再是一連串的廝殺，而是有如春暖花開的溫情。

書目 白牙 / 黑神駒 / 靈犬萊西 / 狗的天堂
白海豹 / 與象共舞 / 鹿苑長春
美麗鬥雞：大絕唱 / 美女與熊貓

魯迅作品精選：5

故事新編【經典新版】

作者：魯迅
發行人：陳曉林
出版所：風雲時代出版股份有限公司
地址：10576台北市民生東路五段178號7樓之3
電話：(02) 2756-0949
傳真：(02) 2765-3799
執行主編：朱墨菲
美術設計：吳宗潔
行銷企劃：林安莉
業務總監：張瑋鳳

初版二刷：2022年1月
ISBN：978-986-352-546-2

風雲書網：http://www.eastbooks.com.tw
官方部落格：http://eastbooks.pixnet.net/blog
Facebook：http://www.facebook.com/h7560949
E-mail：h7560949@ms15.hinet.net
劃撥帳號：12043291
戶名：風雲時代出版股份有限公司

風雲發行所：33373桃園市龜山區公西村2鄰復興街304巷96號
電話：(03) 318-1378
傳真：(03) 318-1378
法律顧問：永然法律事務所 李永然律師
北辰著作權事務所 蕭雄淋律師

行政院新聞局局版台業字第3595號 營利事業統一編號22759935

定價：220元

國家圖書館出版品預行編目資料

魯迅作品精選：5 故事新編 經典新版 / 魯迅著. -- 初版. -- 臺北市：風雲時代, 2018.03 面； 公分

ISBN 978-986-352-546-2（平裝）

857.63 107001188